COLLECTION SÉRIE NOIRE
Créée par Marcel Duhamel

Parutions du mois

2652. BAD CHILI
(JOE R. LANSDALE)

2653. REBELLES DE LA NUIT
(MARC VILLARD)

2654. Y A-T-IL UNE VIE SEXUELLE APRÈS LA MORT ?
(VLADAN RADOMAN)

MARC VILLARD

*Rebelles
de la nuit*

GALLIMARD

© *Le Mascaret*, 1987.

*Remerciement à
Dominique H.*

Brocanteur.
La mort empaillée.
Le faucon me bouscule
Comme un bizuth.
Tu viens, chéri

Comme si elles ne voyaient pas
Que je perds mon sang.
Un orage s'approche
Aussi jugulaire
Qu'un bloc de marbre.

YVES MARTIN

Prologue

Les deux Blacks portaient des parkas bleu marine. En juin. Le plus âgé avait la tête compressée par une casquette de base-ball et sa carrure laissait entendre qu'il aurait pu ridiculiser les Miami Dolphins avec une jambe dans le plâtre.

Un jeune homme leur ouvrit la porte palière sur laquelle ils tambourinaient négligemment.

— Franck ? susurra le cadet africain.

— Bravo, vous savez lire couramment ! ricana le locataire en indiquant sa carte de visite collée sur le panneau.

Le Black se tourna vers son compagnon :

— Un comique !

L'homme à la casquette repoussa Franck au centre de la chambre.

— Quel foutoir ! soupira-t-il.

Disant cela, il laissa son regard se pervertir au contact du grabat recouvert d'une couverture tunisienne, des vêtements sales empilés dans un angle du mur et des vieilles cires de Neil Young, esseulées contre un électrophone fatigué.

Sophie, une jeune fille aux yeux foncés, se déplia au-dessus d'un pouf. Elle s'avança bravement au centre de la pièce.

— Tu les connais, Franck ?

Une claque supersonique lui ravagea la bouche alors qu'elle valdinguait contre la bibliothèque. Le jeune Noir la saisit par le col et l'entraîna dans la cuisine aux murs verdâtres dont il referma la porte derrière eux.

— Qu'est-ce que vous voulez, les mecs ? C'est quoi, ce bordel ? s'enquit Franck, la voix détimbrée.

L'Africain soupira et fit descendre la fermeture à glissière de sa parka. Il tira une chaise à lui et se posa dessus à califourchon.

— C'est Selnik qui nous envoie, Franck.
— Qui... que ! Selnik ?
— Pisse un coup, t'es tout rouge.

Le jeune homme s'allongea avec précaution sur le matelas, appuyant son dos contre le mur.

— Écoutez, y a erreur sur la personne, Selnik et moi on est comme les doigts de la main ! Ici, on fête un anniversaire et...

« Base-ball » s'esclaffa silencieusement. Les sons semblaient bloqués au fond de sa gorge alors que des larmes perlaient à ses paupières.

— Un anniversaire, hein ?
— C'est ça.

Le Noir repoussa la chaise qui le supportait et se planta, jambes écartées, au-dessus du matelas.

— Le pognon, Franck ! On m'attend dans un boxon qui refuserait un mec comme toi, même pour laver les chiottes.

— Je ne sais même pas de quoi vous parlez...

L'autre se baissa vivement, saisit un coussin en vadrouille et le plaqua sur le visage de Franck :

— Happy birthday, Francky !

Dans le même temps, il extirpa d'une poche intérieure un Beretta et tira une balle dans la tête du jeune homme tout en repliant le coussin sur l'arme pour en atténuer la détonation.

Il se redressa, remisa son pistolet dans sa parka et entreprit de fouiller la chambre en débutant par la bibliothèque branlante.

Au même moment, Sophie commença à hurler derrière la porte. Celle-ci s'ouvrit à la volée et une curieuse bête à deux dos roula sur le sol de la chambre. La fille poussait des cris stridents alors que le jeune Noir gémissait, protégeant ses yeux aux paupières déjà entaillées.

Son compagnon le remit sur pied sans ménagement. Confrontée au cadavre de son ami, Sophie hoquetait aux portes de la démence. Un voisin tambourina rageusement au plafond.

La situation échappait à « Base-ball ». Il entraîna son acolyte vers l'escalier, se tournant une dernière fois en direction de la jeune fille.

— On reviendra, ma biche.

Elle ouvrit les yeux, coupa le son et se prit à trembler. Franck était mort, elle avait la fièvre, la vie était dégueulasse. On pense ce genre de choses à dix-sept ans. Non, dix-huit : l'anniversaire.

Machinalement, son regard se porta sur le cadeau, un minuscule attaché-case repoussé contre le tas de linge sale. Elle s'en approcha, fit jouer la serrure et contempla, sous la lumière vibrante de juin, le bijou encastré dans la feutrine intérieure.

Puis elle se souvint, la rage au cœur.

Quatre mois plus tôt, elle n'était qu'une gamine. Aujourd'hui, majeure et vaccinée contre l'adversité. Attention.

Elle calquait son attitude sur celle de ses copines de lycée dont les regards pouvaient glisser sur dix mâles en rut sans ciller. La distance. Préservées pour des passions exceptionnelles. Ne jamais fixer les yeux sur l'un de ces porcs, ils se font des idées pour un oui, pour un non.

Mais subsistait un symbole incontournable : le *Topkapi* café-brasserie-tabac, annexe du lycée, où l'exiguïté des lieux imposait une promiscuité dégradante.

C'est là, dans ce bar de merde, qu'elle avait aperçu Franck pour la première fois. Il était vautré, comme toujours, sur un juke-box de collection dont le morceau le plus récent semblait être *Summertime* par Janis Joplin. Les tréfonds de l'angoisse humaine.

Maigre, maladif et baba, il dodelinait de la tête en cadence sur un vieux tube. Ses yeux délavés brûlaient d'une fièvre inconnue sur son visage cerné de cheveux fins. Leurs regards s'étaient croisés furtivement. Puis plus rien, l'enfer du bac blanc consumant son quotidien.

Quinze jours plus tard, elle somnolait devant un café tiède. Il s'était posé silencieusement sur le siège qui lui faisait face.

— Un Coca light ? Pour décrasser le cerveau...
— Vous me parlez ?

Elle en baissait les yeux. Merde.

— Tu vends ton âme à l'Éducation nationale ?
— Et vous, machin ?
— Équilibriste. Un pied dans la vie, l'autre dans le néant.
— Crevant, non ?
— Dingue.

Ils auraient pu continuer ainsi pendant des siècles, à se humer avec des mots tout faits, jouer au jeu débile des adolescents imperméables au sentiment. Mais Franck s'était levé. Elle avait suivi, boudeuse et terrorisée. Vierge, carrément anachronique.

Ils avaient transformé la chambre, trois jours durant, en palais oriental. La fusion totale, l'éblouissement. Elle ne savait plus rien de la couleur du ciel, quant au pavillon familial, il relevait d'une nostalgie désuète.

— Franck, mon gars..., soupira-t-elle à voix haute.

Il lui avait interdit de remettre les pieds dans son lycée pourri. Secrètement, elle s'en était réjouie car le bac C se dressait devant elle comme un pic inaccessible. Son éducation convergea du côté de Neil Young, Joplin, les Doors, des symboles marginaux que la société lui avait jusque-là dissimulés. Ils s'infligèrent tous les films de Godard et elle se plia aux théories fumeuses — ha, ha ! — de Carlos Castaneda.

Elle s'adonna aux œufs sur le plat, au riz complet, à la fondue bourguignonne. Toute leur relation baignait dans un quotidien fantasmé. Génial. Elle abusait de cet adjectif : Franck était génial, la vie était géniale et même la piaule — un taudis infect — était géniale.

Le soir, elle mutait en montreuse d'ombres, perchée au faîte de la ville, dépliant son imaginaire sur le ciel saturé d'étoiles.

Puis l'argent s'était fait rare. Alors Franck lui avait expliqué. Pour le deal.

Ça l'avait tuée au début, vivre avec un dealer. Puis, au fil du temps, elle s'était prise au jeu : son homme était l'un des derniers aventuriers du monde occidental. Le Club des Cinq revisité par Peckinpah. Elle s'était coulée dans la peau d'une femme de truand, terrorisée dedans, relax en surface.

— Comment ça s'est passé ?
— Ils ont failli me serrer, rue Myrha. J'ai lâché la came dans le caniveau.
— Qu'est-ce que tu vas faire ?
— Je vais me rattraper sur les prochaines doses.

Cool. La distance, toujours. Elle prenait ça comme un job avec ses inévitables aléas et ses bons jours, aussi, quand Franck rentrait plein aux as.

Ces soirs-là, ils se faisaient des bringues à tout casser au *Zéro de conduite*, boulevard Saint-Michel. Pièce de bœuf pour deux (couteau de boucher sur la planche !), brochettes adipeuses pour suivre et les inévitables patates cuites dans la cendre. Ils terminaient ces folles agapes par le concert d'un rescapé ridé des merveilleuses seventies. Le fin du fin en ce domaine semblant être Santana.

Puis Franck s'était lassé de la chambre, de la crasse, du boulevard de Rochechouart. Il projetait d'acquérir, avec son bas de laine, un studio nickel dans les hauts de Belleville. Marbre dans l'entrée, gazon impec. Il lui manquait dix briques et pour les obtenir, il avait fait bondir le prix des doses sans prévenir le fournisseur. Dangereux, très dangereux.

Maintenant il était là, son pauvre amour, franchement décédé au beau milieu des textiles arabes.

Elle tira de la feutrine le collier au diamant serti et le glissa dans sa poche de jeans. Puis, en cinq minutes, fit disparaître toutes les traces de sa présence dans les lieux. Elle prit même le soin d'essuyer ses empreintes sur les meubles, les disques, les bouquins. Enfin, elle posa le pied sur le boulevard tiède, hagarde et braquée contre l'existence.

Boubacar manipula le collier, dans l'arrière-salle de l'épicerie Moubarak, rue de Chartres.

— Sept mille, annonça le marabout, serré dans une djellaba bleue.

— Sept mille, avec un diam ! s'emporta Sophie. On n'est pas chez Emmaüs, pépère !

— C'est dur à revendre... je peux monter jusqu'à neuf mille, c'est mon dernier prix.

— T'es vraiment un enfoiré. Allez, dix mille...

Le marabout soupira tristement.

— Franck est mort, tu es sûre ?

Elle fit oui, les larmes aux yeux.

— Bon, dix mille et tire-toi. Je ne te connais plus.

Sophie dissimula son contentement et déserta l'échoppe en raflant une poignée d'abricots secs et les billets que lui tendait à regret le marabout. Elle marcha longuement dans le néon technicolor avant de se faire indiquer la tanière de Kourichi, un recéleur d'armes de Pigalle qui survivait au-dessus d'un club de ping-pong.

D'avoir été durant quatre mois la compagne d'un dealer en vue lui ouvrait bien des portes, mais elle devait faire vite pour ne pas leur laisser le temps de choisir leur camp.

Un escalier aux marches disjointes conduisait au nid d'aigle de l'Algérien. Par sa fenêtre en chien assis, on distinguait le balcon de Jacques Prévert, ce jour-là désert et proche de l'effacement car une brume de chaleur persistait sur la ville.

Sophie ne connaissait pas Kourichi mais la liasse de billets fut sa meilleure recommandation. L'homme, voûté, fleurtait avec la soixantaine. Il se glissa dans un cagibi situé au fond de la pièce et réapparut tenant dans ses bras trois fusils à répétition.

Elle indiqua du doigt un modèle à pompe.

— Combien celui-ci ?
— Un Remington tout neuf, une pure merveille...
— D'accord, mais tu en veux combien ?
— Voyons... quinze mille avec les munitions ?
— Trop cher. Je peux seulement mettre dix mille.
— Prends le M 16. Il est d'occasion mais impeccable... et ultraléger en plus.
— Trop long pour moi.

— J'ai un manteau de cuir, attends-moi.

Intriguée, elle le regarda disparaître dans son capharnaüm puis il la rejoignit, tenant dans ses bras un long manteau en faux daim de provenance espagnole.

— C'est pas du cuir !
— C'est pareil. Essaye-le.

Elle enfila le vêtement et laissa pendre le fusil à son épaule de façon à le maintenir contre sa hanche. Elle serra le fin manteau sur elle : l'arme restait invisible et la coupe longue lui convenait bien car elle était grande et portait des minibottes en peau.

— Je vais crever là-dedans mais je ne vois pas d'autre solution. Tu me laisses une boîte de munitions avec ?
— Ça roule.

Elle regarda son fric disparaître entre les mains du fourgue. Brutalement, une nausée lui monta aux lèvres. Elle venait d'en finir avec Franck, avec sa réalité physique. Lui restaient son rêve étincelant, ses jours heureux et la haine monstrueuse qui lui serrait les tempes.

Elle prit congé de Kourichi et se coula au cœur de la masse humaine qui grouillait sur le terre-plein du boulevard, cernant les manèges disséminés de la fête foraine. L'atmosphère était lourde et poisseuse mais ces milliers de visages avides et solitaires n'en tenaient aucun compte. Ils étaient là pour donner corps à leurs fantasmes et le baromètre n'avait rien à voir dans tout cela.

Sophie marchait. Super Jaimie en croisade contre les Forces du Mal. Au petit jour, épuisée, elle se résigna à utiliser ses derniers billets pour prendre une chambre au Calcutta, un hôtel de passe plutôt bien tenu entre Barbès et Anvers. Parvenue dans la chambre au papier vénitien, elle s'abattit sur le lit et sombra dans un profond sommeil.

Le lendemain, elle se posta dans un futur loft — présentement délabré — au troisième étage de l'immeuble situé en face de l'Élysée-Montmartre. Les princes de la came investissaient parfois les coulisses de la salle aux heures creuses pour contacter leurs dealers. Franck le lui répétait souvent : « Je passe en vedette américaine à l'Élysée-Montmartre. »
Elle vit pénétrer dans les lieux des catcheurs empâtés, des beugleuses de troisième zone et des managers soucieux, mais aucun des visages entraperçus ne collait avec le souvenir fugitif qu'elle conservait des tueurs africains.
Dix-huit heures. Le soleil baissa d'intensité. Les néons se firent plus vifs aux frontons des peep-shows et sur les trottoirs l'affluence devint franchement cosmopolite. Le temps d'un flash, elle nota dans l'entrée de l'Élysée une parka bleu marine, surmontée d'une casquette de baseball. Elle rapprocha le M 16 du carreau cassé, son cœur s'affola dans sa poitrine.
Alors qu'elle s'apprêtait à descendre pour se rapprocher de la salle de catch, le Black à la parka réapparut, inspecta longuement le boulevard et fit signe derrière lui à un personnage invisible. Les deux hommes s'engagèrent sur la chaussée, déclenchant un concert d'avertisseurs. Le compagnon du Black était sanglé dans un imperméable gris clair de bonne coupe. Ses cheveux étaient bruns, il

portait une cravate club et accusait la quarantaine. Alors qu'ils se dirigeaient vers une Toyota métallisée, stationnée au pied de son immeuble, Sophie épaula le fusil américain. Elle puisa au fond d'elle-même la force de le faire, la force de presser la détente.

Ils s'engouffrèrent dans l'automobile. Elle ferma les yeux, un bref sanglot lui déforma le visage. Elle resta ainsi prostrée un bon quart d'heure puis admit qu'elle n'était pas faite pour donner la mort.

Elle traversa, son manteau sous le bras, la salle des pas perdus en direction des guichets « banlieue » de la gare Saint-Lazare, fit l'acquisition d'un billet, le poinçonna et sauta vivement dans le direct de 19 h 15 sur le quai n° 3.

Tout un monde oublié se recomposa devant son regard boudeur. Les travailleurs immigrés somnolant sur leurs banquettes, l'immuable belote au fond du wagon, les jeunes femmes fatiguées peinant sur des classiques en collection de poche.

Une fois descendue du train et malgré la présence de l'usine de construction automobile, l'air lui parut plus vif. Elle s'arma de courage et, dédaignant le bus, entreprit de traverser la ville pour gagner le plateau.

Une lumière sourde filtrait au travers des persiennes du pavillon familial.

Elle inspira plusieurs fois, incapable de se décider à pousser la porte. Des pas dans la rue l'y aidèrent. Elle entra. Ils étaient installés derrière la table ovale, le regard accroché au journal du soir, que dispensait le récepteur TV, et la bouche occupée à détruire des escalopes de veau.

— Salut ! lança-t-elle, la voix chevrotante.

Sa mère pivota, les yeux lui sortirent de la tête. Elle se leva, main sur la bouche et se précipita dans la cuisine pour vomir. Agnès, sa sœur de onze ans, lui souriait, mettant en évidence son appareil dentaire. Quant à son père, déjà lesté de cinq Ricard, il lui fallut quelques secondes pour accommoder son regard à la réalité.

— Qu'est-ce que tu fais là, toi ?

Il se leva pesamment. Elle posa son manteau sur une chaise, lointaine.

— Je suis rentrée. Bonsoir papa.

— Tu parles d'une surprise ! T'étais sortie pour acheter des cigarettes ?

Un sourire contraint se dessina sur les lèvres de la jeune fille.

— Écoute, je suis fatiguée. Je vous raconterai tout à l'heure.

— Fatiguée, hein ? Sale pute !

La gifle la projeta contre une desserte bretonne de bois foncé. L'homme au teint rouge et à la moustache hirsute se pencha sur elle :

— Où t'étais, salope, tu vas répondre ?

Elle reprit une beigne en pleine bouche. Ici, rien n'avait changé, tout recommençait comme avant. Comme avant Franck.

Sa mère s'accrochait déjà au cou de l'ivrogne, essayant maladroitement de l'étrangler.

— Touche pas à ma fille, ordure ! hurlait-elle sur un mode hystérique.

Agnès se pencha vers Sophie.

— T'avais un amoureux ?

La grande sœur grimaça un sourire qui pouvait passer pour un acquiescement.

— T'as dormi avec lui ?

Elle fit oui encore une fois puis écarta la gamine. Ses parents se lançaient des assiettes à la tête devant un raz de marée au Bangladesh.

Elle gagna sa chambre en courant et ferma la porte à clé. La fatigue la submergea brusquement. Elle se laissa glisser sur la cretonne de son lit de jeune fille et, enfin, se décida à pleurer.

Chapitre 1

Tramson marchait, le cœur à la casse, dans les rues naufragées.

Il marchait dans cette félicité liquide, car il aimait la rue, la nuit, la foule dérisoire et sublime. Il aimantait volontiers son regard à ces yeux qui jaillissaient du néant, leur offrant le don fugitif de son visage sans illusion.

Parfois dans les rues nègres, il lui venait des doutes quant à cet amour instinctif pour le bitume. Alors l'amant se mutait en chasseur. Tramson était dur, obstiné et terriblement sentimental.

Tournant le dos à Barbès, il se dirigea en rasant les murs vers la gare du Nord. Le foyer pour sans-abri était édifié derrière la station afin d'éviter tout contact entre la population laborieuse — donc honnête — et les traîne-savates professionnels.

Chemin faisant, il dépassa un cimetière de voitures dont les monticules révélaient des calandres découpées sur le ciel mauve telles des oriflammes hérissées à la gloire du déchet industriel. Le magma de tôles concassées fit affluer tout un monde de sensations révolues dans la tête de Tramson. Avant d'arpenter les rues de la capitale, il convoyait des véhicules légers. Voitures de maître qu'il devait descendre sur la Riviera, bunkers aux vitres fumées d'hommes d'affaires souterrains, limousines flambant neuves de stars itinérantes du show-biz étaient passés entre ses mains.

Il s'était reconverti en éducateur de rue à la suite d'une rupture féroce avec une chanteuse à textes qu'il conduisait à Bourges. Sa bonne santé l'avait sauvé de la déprime et sa connaissance des marginaux facilitait sa tâche quotidienne.

Il progressait donc dans les rues tièdes, patinant au fond de sa poche la photo de Fred Ballestra que lui avaient remise les services du juge pour enfants. À cent cinquante mètres en retrait de la gare, il stoppa devant un bâtiment délabré à l'enseigne brinquebalante. Celle-ci indiquait encore *Foyer des...* mais la suite s'était perdue corps et biens. Au centre de la salle commune, une dizaine de vagabonds s'activaient autour d'un brasero. Tramson s'approcha. Quelques-uns d'entre eux relevèrent la tête à son entrée mais leur attention se reporta bien vite sur les saucisses fumantes serrées entre les tiges d'un gril de fortune. Un personnage obèse, au galurin défoncé, le rejoignit.

— En chasse, Tramson ?
— Mmm...
— On carbure à la chipolata, tu en veux une ?

Tramson hésita mais la faim l'emporta sur l'urgence de sa quête. Il opina vigoureusement. L'autre se courba sur les flammes et tira vers lui deux saucisses à la graisse dégoulinante. Il en tendit une à Tramson. Les deux hommes s'écartèrent du groupe et s'appuyèrent contre un mur au revêtement brûlé.

— Je peux t'aider ? s'enquit l'homme au chapeau.
— Pas cette fois-ci, Félix. Dany est dans les parages ?
— Il fait rouler ses dés dans le salon ! s'esclaffa le gros type.

Tramson se redressa d'un coup de reins et rejoignit un groupe de quatre hommes penchés sur une partie de passe anglaise dans la pièce attenante. Un Black, portant béret et âgé d'une vingtaine d'années, sortait des 7 et des 11, un sourire ironique plaqué en permanence sur les lèvres. Un lanceur de compétition goguenard, voilà tout.

— Les dés sont lestés, murmura Tramson à l'attention de Félix qui l'avait rejoint.
— T'es maboul, s'insurgea l'autre, ce serait trop risqué ! Ces mecs-là jouent leur chemise.
— On vérifie ?

Ne sachant trop quelle attitude adopter, Félix se balançait d'un pied sur l'autre.

— J'aime pas les histoires, laisse tomber !

Puis il sortit faire un tour dans la nuit.

— J'ouvre à trois cents, prononça le Noir, l'air de s'ennuyer un brin.

Un vieux au visage tanné, vêtu comme un prince, couvrit l'annonce. Le jeune homme tira.

Onze. Abattage.

Alentour, les visages se fermèrent. Plus personne ne pouvait suivre si ce n'est le vieillard possédé par le démon du jeu, au point d'abandonner un foyer bourgeois pour se mesurer avec des clochards arrogants.

— Je laisse tout, susurra le Black, soudain concentré.

Ils se consultèrent du regard puis, un à un, se proposèrent pour couvrir une partie de la mise. Le pépère tira fébrilement de sa poche de poitrine un billet de cinq cents francs. Le compte y était.

Dany lança les dés.

Dix.

Un rire nerveux s'éleva du cercle de joueurs. Tramson, quant à lui, ne quittait pas le lanceur des yeux.

— J'ouvre à deux mille, proposa Dany, la lèvre gourmande.

Le paquet de billets s'organisait devant lui en strates crasseuses. Il posa sur celles-ci un couteau à manche de bois afin d'éviter que le courant d'air traversant la pièce ne les dispersât.

Il fallut à nouveau supporter les soupirs des uns et des autres, les plus pauvres s'étant retirés depuis longtemps déjà. L'enjeu les ramenait maintenant vers le groupe accroupi dans la poussière.

— T'as le cul bordé de nouilles, Blanche-Neige, ça va pas durer, siffla un blond bovin en Levis.

— Tu couvres ou tu t'arraches, mec. Un point, c'est tout.

Les deux hommes s'empoignèrent mais l'attrait du jeu l'emporta sur l'hostilité ambiante et leurs compagnons se chargèrent de les séparer.

Dany rafla les dés. Il commença à baratter en levant les yeux. Son regard croisa celui de Tramson qui le fixait sans bouger un seul muscle de son visage. Le jeune homme se troubla l'espace d'une seconde et sa main heurta le sol alors que les dés virevoltaient sur le béton.
Cinq.
Il tira à nouveau.
Six.
Neuf.
Six.
La sueur coulait lentement sur le visage de Dany. Autour de lui, chacun se projetait son cinéma intérieur. « Ça ne peut plus durer, il doit tomber. » Effectivement, les chances du Black s'amenuisaient peu à peu selon une logique implacable et, surtout, mathématique. Il saisit les dés et s'efforça de ne pas loucher en direction de Tramson. Ses yeux à la hauteur des pantalons, il tira en frissonnant de façon incongrue.
Double six.
Sept.
Dany était naze. La baraque éclata sous les vivats triomphants des parieurs qui se penchèrent avidement pour récupérer leur part du magot. Le lanceur noir se contenta de remiser en souriant son couteau dans sa poche. La main changea et il en profita pour abandonner la partie. Pour sortir, il devait frôler Tramson. Son regard accrocha le rictus ironique de l'éducateur.

— Tramson, t'es une belle ordure !
— Tu m'as baisé de combien la dernière fois qu'on s'est vus ?

— C'est le jeu, papa. Mes dés sont réglos.
— Joue pas les pleureuses, Dany, ça convient mal à ton genre de beauté. Tu as cinq minutes ?
— Pour quoi faire ?
— Viens dehors, j'ai à te parler.

Les deux hommes abandonnèrent le foyer habité maintenant par des murmures avides, et s'éloignèrent en direction des entrepôts déserts bordant les voies. Dany se posa sur une borne de fonte alors que Tramson s'appuyait contre la porte d'un hangar désaffecté.

— Fred Ballestra, prononça doucement Tramson.
— Le frère du chanteur ?
— T'es carrément médium, Dany.
— Rien entendu. À quoi il ressemble ?
— Comme son frère, avec cinq ans de moins.
— Nada, camarade.

Tramson se passa la main sur le front comme pour contenir une migraine passagère puis se rapprocha du Noir. Il le souleva par le col.

— Tu me balades, fils. J'ai un témoin de première division qui vous a vus ensemble à Pigalle.
— Quoi ! hurla Dany.

Tramson le libéra et partit pêcher au fond de sa poche le cliché remis par le juge. Il le tendit au lanceur de dés qui plissa les yeux quelques secondes au-dessus du carton.

— Peut-être... oui. Ce mec me parle, il y a du bruit, ça gueule un maximum...
— Accouche, ça urge.
— Laisse-moi réfléchir, bon Dieu !

Le Black marmonna entre ses dents :

— Je m'étais fait ratisser de cinq cents et on a décidé un break. Une bouteille de gnôle infecte que faisait circuler un patron de bistrot. Je reviens, c'est moi qui tire. Double cinq et dans la foulée une série d'abattages puis ce mec se penche vers moi et... et me parle d'un combat de chiens !

— Qu'est-ce que tu fumes en ce moment, Dany ?

— On me l'a confirmé, merde ! Ça se passe dans l'ancien cinéma Ornano 43.

— Bon, admettons, s'énerva Tramson. Après ?

— Après, on est revenus sur Pigalle et un type a récupéré ce... ce Ballestra.

— Comment ça, « récupéré » ?

— Ben, il lui a carrément dit de rentrer à la maison. Moi, j'avais pas mal bu, j'ai pas demandé d'explications.

— Il était comment, Fred ?

— Jeune, soupira Dany. Comment veux-tu que je m'en souvienne, je l'ai à peine regardé !

— Gros, maigre, pauvre, riche, shooté, clair ?

— Maigre... ni riche, ni pauvre et plutôt dans le cirage mais moi aussi j'étais à côté de mes pompes.

Tramson se colla une gitane au coin de la bouche et tendit son paquet à Dany.

— Ornano 43, hein ?

— C'est pas forcément un habitué, observa Dany.

— Tu as une meilleure idée ?

— Non. Qu'est-ce que tu lui veux ?

— Son frère s'inquiète : Fred est mineur.

— Rien à foutre.

— Bon, on y va, proposa Tramson.

— *Tu* y vas, Tram, j'ai tombé une rouquine vachement vicieuse qui...

— Avance.

L'organisateur du combat téléphona sur le coup des vingt heures trente, le lendemain, à l'Éden Bar. Tramson et Dany, ayant trouvé porte close la veille au soir à Ornano 43, s'étaient rabattus sur leurs contacts à Barbès pouvant les affranchir des jours et des heures réservés aux pugilats canins. C'est Floppy, un motard reconverti dans le bistrot cafardeux, qui prit la communication :

— Okay, on arrive.

Puis se tournant vers Tramson :

— Ça commence dans une demi-heure.

Les trois hommes s'engouffrèrent dans une camionnette sans âge et Floppy orienta le véhicule vers la porte de Clignancourt. La nuit investissait le boulevard Ornano et de maigres lueurs s'époumonaient sur les façades. L'ancien cinéma était plongé dans l'obscurité. Seul, un mince rai de lumière filtrait par l'entrebâillement de la porte que protégeaient deux Arabes aux gabarits impressionnants.

Floppy se fit reconnaître et ils pénétrèrent dans les lieux après avoir réglé le prix d'entrée.

Au centre de la salle, vidée de ses sièges défoncés, un pit — sorte de ring fermé par des planches mais édifié au niveau du sol — exposait sous la lumière sale d'un néon ses flancs rougis, labourés d'innombrables griffures. Au-dessus de l'arène, trois rangées de gradins permettaient de suivre, dans un confort relatif, les débats sanglants ignorés de la SPA.

Tramson et Dany s'approchèrent des chiens. Un noir, un gris foncé. Ils étaient maintenus dans un coin de la salle par leurs propriétaires qui, mutuellement, terminaient de les laver. Cela afin de prévenir les badigeonnages au sulfate de nicotine qui affaiblissent la bête dont les crocs mordent cette saloperie. Deux groupes de spectateurs-parieurs se pressaient autour des chiens, retenus fermement aux oreilles et stimulés à la méthode Coué par leurs propriétaires, des jeunots à la nuque rose et sanglés dans du Tacchini d'importation.

— Géronimo, mon fils, tu vas me bouffer ce fils de pute, pas vrai ? martelait l'un des garçons à la face du chien gris.

— Crève-moi ce bâtard, Rocky ! chuintait l'autre en écho.

Puis l'arbitre, un fantoche au look de pasteur méthodiste, invita les éleveurs à pénétrer dans la boucherie.

— Je vais dégueuler mes tripes, souffla Dany.

Tramson se permit un sourire. À trente ans, il en avait vu d'autres.

Le silence se fit dans l'enceinte brûlante.

— Tournez vos chiens !

Les deux éleveurs pivotèrent à l'unisson et les pitbulls se trouvèrent face à face pour la première fois. Brusquement, une folie furieuse déforma leurs mufles couturés.

— Lâchez vos chiens !

Il n'y eut pas de round d'observation. Pas de salut nippon, ni de révérence au noble art : ils jaillirent l'un contre l'autre sans aboyer ni grogner. Seul l'impact des crocs et griffes s'entrechoquant gonfla la bande-son de cet équarrissage programmé. Le noiraud arracha la moitié de l'oreille du pitbull gris, une dent céda, le bruit d'un os brisé claqua dans la tête de Tramson. Il se détourna, écœuré, alors qu'un effluve de ménagerie soulevait le cœur de Dany.

— Tue-le, Rocky, tue-le !
— Cinq cents sur le noir !
— Tenu.

Les femmes n'étaient pas les dernières à se passionner pour le spectacle. Deux d'entre elles, collées à l'enceinte de bois, hurlaient sur un ton hystérique des encouragements à leurs favoris. Elles frappaient les montants du pit avec leurs bouteilles de bière quand les bêtes relâchaient leur pression. Puis le chien gris ensanglanté trouva une prise à la gorge du noir et ne le lâcha plus. Une longue plainte, un gémissement sans fin, traversa les murs du cube de béton. Deux ou trois pochards éclatèrent d'un rire aviné sur les derniers gradins. C'était fini.

Le propriétaire du perdant, fou de rage, pénétra sur le pit, saisit les pattes arrière de sa bête qui rampait misérablement et souleva l'animal :

— Qui voudrait de cet enfant de salaud ? beugla-t-il à la cantonade.

— Pas moi, merde, murmura Dany.

Les autres non plus n'en voulaient pas.

Alors le propio — un mastodonte chauve aux yeux écartés — tira le chien hors du ring et, pivotant sur ses talons comme un lanceur de marteau, projeta contre le mur la tête de l'animal qui éclata sous l'impact.

Dany fixait maintenant la porte d'entrée, ce qui lui évitait d'avoir à supporter le carnage. Il tira Tramson par la manche :
— Ballestra.
Un jeune homme mince, aux cheveux blonds mi-longs, s'approchait lentement du pit, serré dans un blouson de toile noire.
— File en douce par l'autre côté, laissa glisser Tramson entre ses dents.
Dany s'éjecta du banc et, masqué par les parieurs, gagna rapidement la rue. Tramson sortit ses gitanes et abandonna les gradins pour se rapprocher de Fred qui se collait au pit entre deux femmes soûles.
Un Marocain endimanché annonça le second combat.

Les yeux verts de Tramson se fermaient de fatigue alors qu'il progressait dans la nuit balisée par la lumière frileuse des réverbères.
Fred Ballestra marchait devant, à cinquante mètres, le pas hésitant. Son petit cul roulait avec ostentation sous la toile de ses jeans blancs.
— Une pute, le cher Fred, grogna l'éducateur.
Enfin, ils arrivèrent à la hauteur du métro Anvers. Le jeune homme se rapprocha de l'entrée de l'Élysée-Montmartre, dégrafa les trois premiers boutons de sa chemise et passa la main dans ses cheveux fins.

Tramson consulta une dernière fois la photo qui déformait sa poche. Convaincu, il s'approcha de l'adolescent qui, appuyé contre le mur, esquissait un sourire de commande à l'univers.

— Fred ?

L'autre sursauta, agita la tête en tous sens avant de repérer l'éducateur. Puis la voix haut perchée, il se reprit.

— Moi, c'est Claude, ma biche. Tu dois confondre.

Tramson se campa devant lui, monolithique.

— Frédéric Ballestra, dix-sept ans, présumé disparu depuis un an. Frère de Richard Ballestra, star montante de la techno...

— Ce fumier !

— On m'a demandé de te trouver, Fred. Faut rentrer à la maison, mon gars.

Ballestra roula des yeux fous. Mains sur les hanches, essayant de contenir sa voix, il rapprocha son visage de celui de Tramson.

— Rentrer ! Pour retrouver cette famille de merde, ça va pas, non ! Et Roger, qu'est-ce qu'il dira Roger ?

— Ton mac ?

Fred baissa les yeux, subitement gêné.

— Il m'a beaucoup aidé, c'est normal que je renvoie l'ascenseur.

Puis, buté :

— Je ne rentrerai pas, flic à la con.

— Je ne suis pas un flic, mais peu importe. Tu as dix-sept ans, tu es donc mineur. Ta famille veut te retrouver et...

— Si vous continuez, je vous fais tabasser !
— Du calme, mon gars, du calme. Je ne t'ai pas encore tout dit.
— Magnez-vous, j'ai pas la nuit pour écouter vos conneries.

Tramson prit quand même le temps d'allumer une cigarette puis, soufflant la fumée par les narines, laissa tomber :

— Tu as un contrat au cul, Fred.

Le jeune homme arrêta de gesticuler d'un pied sur l'autre, son visage devint très pâle.

— Que... quoi ? murmura-t-il.
— Richard a refusé une protection. En clair, ça veut dire refiler un pourcentage sur ses gains à la pèg...
— Oui, oui, je sais.
— Bon. Ils lui ont déjà massacré trois concerts. Comme il persiste on passe à la phase suivante : la violence physique. Mais ces fumiers ne peuvent pas supprimer la poule aux œufs d'or ; reste donc la famille, les proches...

Décomposé maintenant, Fred fixait un point au-delà de Tramson, serrant ses mains l'une contre l'autre. Essayant de se rassurer, il prononça lentement :

— Mais personne ne sait que je suis ici, j'ai changé de nom, j'habite chez Roger...
— Sur ce boulevard, le milieu contrôle tout. On t'a certainement déjà balancé.
— Qui ?

Tramson hésita une seconde, aspira une ultime bouffée de cigarette puis jeta son mégot dans le caniveau.

— Roger, peut-être ?

Ballestra poussa un cri étranglé et se jeta à la gorge de Tramson. Celui-ci empoigna l'adolescent, lui tordit les bras dans le dos. Fred s'écroula en sanglots sur l'épaule de l'éducateur. Un groupe de promeneurs désœuvrés posèrent sur ce couple étrange des regards sans curiosité. À Pigalle, plus rien n'avait d'importance.

— Okay, Fred. Ça ira ?

L'adolescent renifla bruyamment.

— Où vous m'emmenez ?

— Richard te laisse sa maison de campagne dans le Morvan. Tu te mets au vert pendant trois mois et quand l'histoire sera tassée tu pourras faire comme tu voudras. À ta place, je laisserais tomber le tapin...

— Ta gueule, vieux con !

Tramson soupira pesamment. Il commençait à en avoir sa claque du beau blond.

— Allez, on y va.

Ils commencèrent à marcher en direction de la place de Clichy. Les lumières se faisaient plus vives et la foule plus compacte à mesure qu'ils progressaient.

Fred stoppa net devant un rapid-couscous au fond duquel un jeune Algérien prenait les commandes des rares clients.

— Je vais demander à Tony qu'il prévienne Roger. Vous m'attendez ?

— Dépêche-toi, Fred, je suis responsable de toi.

Tramson fit quelques pas en direction du manège d'autos tamponneuses qui regroupait essentiellement des Européens. Deux bandes de rockers, boudinés dans des oripeaux fifties, tourbillonnaient autour des voitures, se disputant sauvagement les rares filles présentes, rutilantes comme des bonbons anglais. La fin du tour arriva bientôt et la vieille trompe meugla avec emphase. Tramson se détourna du manège et reporta son attention sur le fast-food arabe. Fred Ballestra s'avançait vers lui, titubant sur ses jambes trop maigres, et pressait à deux mains sa poitrine. Le jeune homme se laissa tomber sur les genoux devant l'éducateur.

— Qu'est-ce qu'il se passe, Fred ?

— Ça pique, mon Dieu, ça pique...

Puis il écarta les doigts et révéla le manche d'un stylet planté juste sous son cœur. Tramson ne sut où donner de la tête.

— Vite, un médecin ! hurla-t-il, par-dessus son épaule.

Un attroupement composé essentiellement d'immigrés se forma rapidement autour des deux hommes. Le groupe contempla en silence ce jeune Blanc aux doigts rougis. Fred s'agrippait maintenant au cou de Tramson :

— Faut m'emmener, j'veux pas mourir, m'sieur... Pourquoi vous m'avez laissé tout seul ?

Le sang bouillonnait sur sa poitrine. Tramson releva la tête vers les visages impassibles.

Ils étaient à Pigalle et à Pigalle, on est toujours seul. Seul pour survivre et seul pour crever. Il souleva dans ses bras le corps maintenant inerte du jeune homme, repoussa le cercle de badauds et gagna à pas lents la pharmacie de la place Blanche.

Dans l'arrière-boutique, la pharmacienne se pencha avec répugnance sur Fred. Elle essayait maladroitement de masquer sa peur mais Tramson n'était pas non plus un héros. La jeune femme chuchota :

— Il va mourir... vous avez appelé l'ambulance ?
— Évidemment.

Une larme incongrue s'échappa de la paupière droite du jeune homme. Il ouvrit difficilement les yeux, fixa Tramson et prononça dans un dernier souffle :

— Salaud... vous m'avez baisé.

Puis il mourut.

Chapitre 2

Tramson possédait un prénom, Jacques. Prénom que, dès son plus jeune âge, il avait pris en grippe pour lui préférer des patronymes aux consonances plus brèves : Luc, Marc, Paul. Il avait réussi à imposer son nom de famille comme un code, jusqu'à son mariage avec cette abrutie de Ghislaine qui lui servait des Jâââcques longs comme le bras. De cette liaison éclair lui restait une gamine de dix ans, Céline, qu'il vénérait et dont son ex-femme avait la garde.

Alors qu'il arrivait rue Marcadet la voix terrorisée de Fred se développa en écho dans sa tête. Cette voix qui l'accusait ne le quittait plus depuis le départ de l'ambulance pour la morgue. Au plus fort de la déprime, Tramson dressait ses propres protections mentales : ses petites victoires, ses modestes sauvetages destinés à annuler la mort de Fred Ballestra. Tramson était bouleversé mais refusait de douter car, au fil du temps, il s'était endurci. Il caressa machinalement au fond de sa poche le double de la déclaration qu'avaient exigée de lui les inspecteurs de Barbès. Des mots froids et sans surprise destinés aux archives policières.

Il poussa la porte de son logement, situé au dernier étage d'un immeuble de la rue Marcadet, là où commençait le bon dix-huitième, comme le clamaient les agents immobiliers. Il avait choisi délibérément d'élire domicile à l'écart de son périmètre de travail car, s'il pouvait supporter la misère et la folie tout au long du jour, il aspirait, le soir, à la quiétude.

Il retira sa veste de treillis, posa sur sa mini-chaîne le *Something Else* de Cannonball Adderley et s'étendit sur son lit. Sur les murs, quelques photos le représentaient au centre d'un groupe d'« éducateurs » entourés par la bande du Pachuco, une boîte de Pigalle convertie à la salsa. Sur le mur de droite, une sérigraphie de Rancillac imposait le réalisme cadenassé d'un couloir de prison. Tramson aimait cette image car elle lui évoquait son job : détourner de la taule tous les mômes en maraude peuplant son quotidien.

Il régla son réveil sur six heures et se laissa pénétrer par le solo de Miles Davis qui fusait, tranchant comme un glaive. Ses cheveux blonds peu fournis se brouillèrent sur l'oreiller. Et il put entendre à nouveau la voix démunie de Fred Ballestra. Trois minutes d'inattention avaient suffi. Tramson n'ignorait pas que Fred aurait pu être éliminé une heure plus tôt ou même une heure plus tard sans qu'il y soit mêlé.

— Pourquoi l'ai-je laissé tout seul ? s'interrogea-t-il à voix haute.

Puis il perdit conscience malgré les efforts du trompettiste.

Au plus fort de son premier sommeil, une résolution tenta bien de s'accrocher à ses méninges mais la fatigue l'emporta. Quand il se réveilla sur le coup de cinq heures du matin, il parvint à commuter son cauchemar à la réalité.

Le radio-réveil entama les hostilités avec une dévaluation italienne, un bond à cinq mètres quatre-vingt-dix du perchiste soviétique Bubka et une prise d'otages au magasin Auchan de Plaisir.

Tramson s'ébroua, la tête pilonnée par un drummer converti au hard rock. Il se dévisagea sans complaisance dans la glace : combien de temps encore pourrait-il tenir ? L'essentiel de son job consistait à se rendre disponible, prendre des contacts, proposer sans en avoir l'air des solutions de remplacement aux coups tordus fomentés quotidiennement par la colonie immigrée. Il fallait donner, beaucoup donner, et recevoir peu. Le temps passant, Tramson s'identifiait à sa « clientèle », ne sachant plus très bien s'il était là pour prévenir ou pour participer. Il lui arrivait même, quand l'hostilité à sa présence se faisait trop forte, de revêtir la panoplie du casseur type barbésien : survêtement Tacchini — de préférence le dernier modèle sorti —, Flying Jacket et Nike de compétition aux pieds. Il allait donc vers eux, humble et soumis aux modes et aux règles non écrites.

Tramson commençait une toilette de père peinard quand la bouille émaciée de Samir et celle plus joviale de Nasser vinrent titiller sa mémoire. S'il ne passait pas les réveiller, les jeunes gens pourraient dire adieu à leur nouveau job de manutentionnaires. Tramson ne se ressentait pas de passer une nouvelle journée à faire le pied de grue sur les bancs de l'ANPE. Il devait sortir du lit ces deux enfoirés.

Chemise noire, veste de treillis, jeans, Adidas. Trois minutes plus tard, il débarqua sur le trottoir et, l'œil encore vaseux, repéra son Ford Transit bien garé à cinquante mètres. Sur les flancs du camion une seule petite ligne indiquait en lettres blanches : *Déménagements en tous genres — Prix corrects.* Un peu plus bas, une graphie tremblotée promettait d'en mettre une grosse à Rachid, le tout accompagné d'une illustration qui ne laissait aucun doute sur les possibilités de l'annonceur.

Tramson arracha le Ford au trottoir et prit la direction de la rue Polonceau. Il contourna la Place encore endormie. Pas n'importe quelle place. Celle-ci, située à mi-chemin entre la rue Stephenson et la rue de la Goutte-d'Or, n'était autre que le point de ralliement de tous les glandeurs du quartier. Ceux qui traînaient leur ennui après trois exclusions des lycées alentour, ceux qui prenaient le chômage comme une grâce de Mahomet et ceux, enfin, qui dealaient. Les deals pouvaient concerner une chemise Lacoste cassée dans une boutique du boulevard de Rochechouart ou bien deux kilos d'héroïne-base tassés dans un sac Prisunic.

Il stoppa brutalement devant le 15, rue Polonceau, délaissa le camion et gravit rapidement les trois étages de l'immeuble. Il dut tambouriner deux bonnes minutes à la porte avant que Samir ne vienne lui ouvrir.

— Debout, les braves ! gueula Tramson.
— Salope.
— Je descends chez Nasser, tu nous prépares un café ?

Samir gargouilla une formule d'assentiment et se dirigea en traînant les pieds vers la cuisine. Quelques instants plus tard, l'éducateur réapparut, flanqué de Nasser qui dormait debout.

Les trois hommes s'attablèrent autour d'une cafetière fumante et commencèrent à boire en silence car la mère et la sœur de Samir dormaient encore dans la pièce contiguë.

— Avec la paye, je m'achète la Suzuki, énonça Nasser d'une voix pâteuse.
— Moi, une guitare, si ma mère me pique pas tout.
— Pas de problème avec les chefs ? demanda Tramson.
— Des fachos, mais on a l'habitude...

Ils replongèrent dans leurs tasses.

— Vous connaissez le rapid-couscous, en face du métro Blanche ? s'enquit négligemment l'éducateur.

Nasseur opina du chef.

— Tony, le serveur, ça vous dit quelque chose ?
— Il tapinait l'année dernière mais il a arrêté. Tu devrais t'en souvenir, il était au ski avec nous en février.

Tramson fouilla sa mémoire mais rien n'y fit, il ne conservait aucun souvenir du jeune Arabe.

— Réglo ?
— Tu fais une enquête pour les NMPP ? demanda Samir, gratifiant Nasser d'un clin d'œil complice.

Tramson répondit par un sourire et vida sa tasse. À Barbès, les éducateurs travaillaient dans l'anonymat et la couverture de Tram consistait en un travail de nuit : chauffeur-livreur aux Nouvelles Messageries de la Presse Parisienne. Cela lui permettait de débarquer à six heures du matin chez les mecs sans éveiller les soupçons. Mais après trois ans passés dans le quartier, sa couverture s'effilochait car un chauffeur sain d'esprit ne rend pas autant de services sans être payé de retour. Tacitement, les deux parties n'abordaient jamais le problème de front. Parfois l'un d'eux se permettait une vanne, histoire de tracer la frontière entre la tolérance et la connerie. Dans ces cas-là, Tramson n'insistait pas et les beurs, qui pouvaient perdre beaucoup dans l'histoire, ne poussaient jamais leur avantage hors des limites de la plaisanterie. Mais ils savaient et l'éducateur savait qu'ils savaient.

Ils dévalèrent l'escalier en grognant, prirent place sur les sièges rabattables du Ford et Tramson orienta le véhicule en direction du Darty de Saint-Ouen.

Chapitre 3

L'éducateur contourna l'hypermarché, traversa la banlieue grise à 90 au compteur et regagna le dix-huitième arrondissement. Il immobilisa le Ford dans une ruelle à la fraîcheur bienvenue et descendit sans se presser du camion.

Après trois années passées à sillonner Barbès en tous sens, Tramson aimait la rue et la rue le lui rendait bien.
Il aimait la rue qui se dorait sous les premiers assauts du soleil, les odeurs de poubelles fraîchement vidées, les silhouettes pressées collées aux kiosques à journaux dans l'attente de *Paris-Turf*.
Tramson parvint ainsi, sifflant dans sa tête *African Waltz*, jusqu'au rapid-couscous du métro Blanche. Un jeune homme lavait à grande eau le sol carrelé du cube glacial qui évoquait plus un cabinet de toilette qu'une salle de restaurant.
— Tony ?
Le jeune homme, dix-huit ans à peine, releva la tête en s'appuyant sur son balai.

— On ouvre à dix heures seulement.

— Je n'ai pas faim. J'étais avec Fred Ballestra, hier, quand il est entré pour te faire ses adieux. Tu peux me raconter ce qui s'est passé ?

— J'ai déjà tout raconté aux flics. Et, en plus, j'ai rien vu, maugréa Tony, puis, se détournant, il plongea sa serpillière dans une eau immonde.

— Allons, Tony, Fred était mon copain à moi aussi. Tu ne vas pas me faire croire qu'il s'est fait suriner par l'Homme invisible.

— J'ai pas dit ça... t'aurais pas vingt sacs ? Je suis dans le besoin ces jours-ci, quémanda sans transition le serveur.

Tramson, qui avait l'habitude de se faire taper, tira de son portefeuille deux billets de cent francs et les tendit au garçon. L'autre les empocha sans hésiter, appuya son balai contre le mur et commença à se dandiner avec grâce, levant coquettement ses longs cils sur ses yeux noirs.

— Tu veux savoir quoi, au juste ?
— Ce que tu as vu.

Tony soupira avec distinction.

— Ce con de Freddy est entré pâle comme un linge. Il est venu me trouver à la cuisine car dans la journée je prépare aussi la semoule. Il me fait comme ça : « Tony, ma choute, je suis dans la merde alors je mets les voiles. Tu préviendras Roger. » Je sais même pas où il habite son Roger, moi ! Après on s'est fait la bise et il est parti. Cinq minutes plus tard j'ai entendu des cris sur le trottoir et j'ai compris en le voyant par terre qu'il allait crever. C'est tout ce que je peux dire.

— Pour vingt sacs, c'est pas grand-chose. Connaissais-tu les clients présents dans la salle ?

— Certains, oui.

— A-t-il parlé à quelqu'un ?

Tony tournait maintenant le dos à Tramson, essayant maladroitement de dissimuler son visage. L'éducateur le fit pivoter vers lui d'une seule main.

— Alors, Tony ?

— Je ne suis pas sûr, merde !

— Ça ne fait rien, je vérifierai.

— J'veux pas avoir d'histoires et me retrouver au tapin...

— Personne ne saura que tu m'as parlé. Alors ?

Tony baissa la tête, un peu boudeur.

— Je crois bien qu'ils ont discuté, avec Franck.

— Quel Franck ?

— Franck, le dealer.

— Du shit ?

— Non, des cigarettes en chocolat !

— Très drôle. Tu sais où je peux le trouver ?

L'autre pouffa :

— Ouais, sur le dos d'une guenon, à Vincennes.

Ravi de sa plaisanterie, il éclata d'un rire haut perché et, sans plus accorder d'attention à Tramson, se faufila dans la cuisine en sifflotant.

Chapitre 4

Depuis six mois maintenant, les différends mineurs se réglaient à l'amiable, entre Barbès et Pigalle, par la grâce d'un seul homme : Abdullah, un religieux égrillard et bon enfant qui, à la demande générale, rendait la justice tous les lundis matin.

Le tribunal avait élu domicile dans un vieil hôtel déglingué du passage des Poissonniers mais Tramson, par principe, évitait de se rendre à cette assemblée populaire. On aurait mal compris qu'il y assistât, chaque Européen étant considéré comme un indicateur en puissance. Cela n'empêchait pas Abdullah et Tramson d'entretenir de bonnes relations car ils poursuivaient le même but : prévenir la merde et détourner les naïfs de la prison.

Le religieux sortit du bâtiment en compagnie d'une vingtaine d'Arabes et d'Africains. Tramson lui fit un signe discret.

Les deux hommes marchèrent en silence sur une vingtaine de mètres, tournant le dos à la Goutte-d'Or pour emprunter le boulevard Barbès.

— Franck, un dealer de Pigalle, ça t'inspire ? s'enquit l'éducateur.
— Plutôt. Un trou du cul spécialisé dans l'héro, cheveux longs, genre hippie demeuré. Il vit avec une fille mineure tout à fait sexy, rue de Clignancourt. L'immeuble à côté du marchand de tissus.
— Méchant ?
— Pour du fric, il tuerait père et mère. C'est le genre à rallonger au lactose, si tu vois ce que je veux dire ?
— Le modèle ordinaire, quoi !
Le religieux s'esclaffa puis, reprenant son sérieux :
— Et pourquoi tu t'intéresses à Franck ?
Tramson le lui dit. Sans dissimuler son amertume et le désir qu'il avait de venger Fred Ballestra.
— Tu fais du sentiment, c'est nouveau ! s'étonna Abdullah.
— Avant de mourir, il m'a carrément culpabilisé. C'est moche, tu sais, très moche de se faire suriner à dix-sept ans.
— Okay, Tram, okay. Cela dit, laisse les flics s'occuper du crime et des recherches. À chacun son job, merde !
Tramson ne répondit pas. Pour dérider l'atmosphère, Abdullah proposa sur le mode jovial :
— On déjeune ensemble, tu paies le fromage et moi le dessert !
— Je ne peux pas, j'ai rencard avec Faouzi à l'ANPE. Si je n'y suis pas, il est capable de disparaître pendant une semaine. Lundi prochain si tu veux ?
— Entendu, fils, et fais gaffe à tes fesses.
Les deux hommes se serrèrent la main et l'éducateur s'éloigna en direction des bureaux de l'ANPE, situés place Hébert.

Chapitre 5

Toute la journée, Tramson dut différer la visite qu'il comptait rendre à Franck. Le souk avait commencé à l'ANPE. Faouzi, qui sortait de prison pour un casse d'appartement, avait brisé trois chaises dans l'entrée. Puis deux Africains, jaloux des combines de l'éducateur pour faire passer Faouzi avant les autres, s'en étaient pris à Catherine, l'amie de Tram à l'agence. Une bagarre générale avait suivi, seulement interrompue par les flics, ivres de joie, matraquant tout ce beau monde, éducateur compris.

Ensuite, sur le coup de quinze heures, il était tombé nez à nez avec Farida et Graziella, deux gamines de seize ans dont il envisageait de s'occuper depuis quelque temps.

— Salut, heu... tu nous reconnais ? interrogea la plus délurée.

— Bien sûr. Vous zonez ?

Elles rirent nerveusement puis Farida prit la parole :

— On est virées du lycée depuis une semaine.

Tramson leva les yeux au ciel : à Barbès, le travail

vous tombait tout rôti dans les mains, sans avoir besoin de réclamer.

— Qu'est-ce que vous allez faire ?

— On sait pas. Justement, Nasser nous a dit de te demander.

— Seize ans... je vais avoir du mal. Si on me branche sur des petits déménagements, vous pourriez vous y mettre ?

Elles se regardèrent en pouffant.

— Tu nous vois en train de charrier des cuisinières ? s'amusa Graziella.

— Ouais... évidemment.

— Écoute, on va te dire quelque chose mais tu le répètes pas... commença Farida.

— Dis toujours.

— Le bruit court que les grands veulent nous coller au tapin. Moi, je pense que c'est des vannes. Graziella, elle a peur.

— J'ai peur de mon père, surtout. Il est très croyant, expliqua la jeune fille.

La journée de Tramson était mal emmanchée. On lui réclamait des solutions rapides alors que son esprit était tendu sur le problème Ballestra.

— Si je vous trouve un travail, ils vous ficheront la paix mais si vous continuez à vous trimballer dans Barbès sans rien faire, vous y aurez droit.

— Ben, oui, confirma Farida.

— On pourrait se tirer sur la Côte. Là-bas, tu peux tenir le coup en vendant des merguez ou des gaufres, affirma Graziella avec conviction.

— L'été, seulement. Bon, écoutez les filles, je vais réfléchir à tout ça et je vous fais signe. Si je trouve quelque chose, je préviens Samir ou Nasser.

Sur cette promesse, Tramson avait pris congé des jeunes filles pour se retrouver embarqué dans une partie de poker simplifié au Navy Bar. Il y avait laissé le quart de son salaire et, pour l'heure, rentrait donc au bercail, la démarche vaincue. Il gravit lourdement l'escalier pour découvrir, accroupis sur son palier, La Ciotat et Lomshi, la locomotive ambulante.

— Vous faites la manche, les mecs ?
— Salut, Tram. On t'attendait.

La Ciotat et Lomshi avaient entrepris six mois plus tôt un siège de longue haleine. L'enjeu de l'opération consistait à se faire prêter le Ford Transit de l'éducateur pour convoyer le produit d'un casse éblouissant qu'ils avaient en projet dans le dix-septième.

Ils pénétrèrent dans l'appartement en se bousculant niaisement. Les deux garçons arboraient des survêtements Nike gris et noir du meilleur effet. La Ciotat — dix-neuf ans, visage fin, cheveux bouclés — se posa sur une chaise pendant que Lomshi, postérieur imposant et démarche pataude, se traînait jusqu'à la cuisine pour se rouler un joint. Tramson soutira au frigo trois boîtes de bière et revint prendre place face à La Ciotat.

— Si vous venez pour le camion, vous allez repartir bredouilles... commença Tramson.
— Putain, Tram, on va pas le casser ton bijou ! Lomshi a son permis.

— Le problème n'est pas là, tu le sais bien. Je ne prête pas le Ford pour un casse.

— Bon. On dit que c'est pour un déménagement. S'il y a des emmerdes, tu diras que tu l'as prêté pour rendre service à des gars qui déménageaient.

— Tu me prends pour un débile ou quoi ? Je suis contre les casses par principe, pas par peur d'avoir des ennuis. La filière, à Barbès, elle est simple : ça commence par l'ennui puis le shit, ensuite la coke et le casse pour finir. Seulement, après le casse, une fois sur deux, il y a la taule, ou pire : un mec qui décroche son flingue et vous canarde en beauté. Voilà pourquoi je ne prête pas le camion. Je refuse de soutenir des plans à la con qui vous mèneront directement à la Santé ou à Fleury.

— Tramson, t'es une vraie mère pour nous, se moqua La Ciotat.

— Et ta sœur ?

Lomshi débarqua dans la chambre, la bouche encombrée par un pétard et un pot de yaourt à la main.

— Alors ?

— Ce pédé s'inquiète pour nos santés fragiles. Il est brave, non ?

— Vachement. Et la télé, Tram, tu la prêtes ?

Il fit oui avec la tête et s'allongea sur le lit pendant que les deux garçons soudaient leurs regards à un téléfilm tourné dans un garage à l'aide d'un budget souffreteux.

Tramson comprit que les jeunes gens avaient tiré un trait sur le camion depuis quelque temps déjà. Cette demande de prêt était en fait un prétexte pour quémander, sans perdre la face, un contact amical à l'éducateur.

Ils vivaient, pour la plupart, à six ou sept dans des appartements minuscules où le conflit des générations s'exacerbait entre des parents exilés et leurs enfants nés en France et trop bien convertis aux vices occidentaux.

Ils se lassèrent du téléfilm et La Ciotat proposa un Monopoly. Tramson tira la boîte vers lui en soupirant : la nuit menaçait d'être longue.

Il n'entendit pas le réveil, le lendemain matin. Les garçons étaient rentrés chez eux sur le coup des trois heures. Il émergea bravement à neuf heures tapantes, bien trop tard pour réveiller les manutentionnaires.

La soirée de la veille lui revint en mémoire. Il ne prêtait pas le camion et pourtant les mecs revenaient vers lui : une victoire minuscule.

Tramson posa sur la platine *Song for my Father* par Horace Silver. Pour ce qui le concernait, il ignorait à quoi pouvait ressembler un père. En revanche, il adorait sa mère, Anna, une passionaria alsacienne dont l'activité majeure consistait à recueillir des réfugiés sud-américains.

Il enfila un blouson de cuir, vida les cendriers et abandonna l'appartement. Tramson était décidé à cueillir le dealer hippie au saut du lit.

Il gara le Ford gris devant la boutique des tissus Textel et consulta la rangée de boîtes aux lettres dans le hall crasseux de l'immeuble contigu. Franck Bertin, troisième droite.

Tramson pressa la sonnette à plusieurs reprises, tambourina contre le panneau mais rien n'y fit. Machinalement, il frappa à la porte qui faisait face à celle de Bertin sur le palier. Personne ne vint ouvrir.

L'éducateur tira de sa poche une lime à ongles minuscule et entreprit de triturer la serrure. Le pêne glissa instantanément : le panneau était seulement tiré. Il repoussa la porte derrière lui, se cogna en jurant contre la bibliothèque puis gagna la fenêtre à tâtons. Il tira le rideau sur une colonie de nuages gris souillant le ciel pur. Et, se retournant, il découvrit le cadavre de Franck.

Tramson se figea, l'oreille aux aguets. Mais non, il était bien seul. Les pauvres meubles paraissaient trop bien rangés. Il souleva quand même des livres, des vêtements puis effleura la main du dealer : froide, très froide.

Après avoir inspecté cuisine et salle d'eau, il dut se rendre à l'évidence : Franck ne lui apprendrait rien et sa copine avait disparu effaçant toute trace de son passage dans les lieux. Abdullah, il s'en souvenait, avait bien parlé d'une compagne mineure. Il lui fallait, ainsi qu'Ariane, continuer à tirer sur ce fil ténu car il en était maintenant persuadé : Franck ne pouvait être qu'un exécutant.

Il consulta sa montre : la réunion du club de prévention commençait dans quinze minutes.

Chapitre 6

Le local qui abritait les réunions du club de prévention de Barbès était situé en lieu et place d'une ancienne mercerie, rue Ordener, côté dix-septième arrondissement. La vitrine était blanchie et aucune plaque n'indiquait en façade la raison sociale du locataire.

Chaque réunion hebdomadaire était animée par l'éducateur chef, le directeur du club et un jeune psychiatre dont les suggestions étaient régulièrement repoussées par les éducateurs. En fin de réunion, chaque participant informait les autres de l'évolution des jeunes dont il s'était chargé.

— À toi, Tramson, proposa Courbet, le directeur.

Tramson écrasa sa gitane dans une assiette et se repassa en accéléré tous les événements de la semaine écoulée.

— D'abord, la demande de recherche transmise par le juge concernant le frère de Ballestra...

— Attends, l'interrompit Courbet. Tu veux dire que c'est le juge Moreau qui nous a branchés sur Ballestra ?

— Oui, un circuit court. Jeanine et Paul.

— J'en parlerai à Paul. On ne peut pas tout faire : effectuer un travail de fond pour la DDASS et cavaler derrière les fugueurs.

— Comment est mort le cher Fred, Tram ? questionna le plus ancien des éducateurs, un homme obèse de quarante-huit ans.

— Nous devions être suivis par un pro depuis un bon moment et il a sauté sur la première occasion : stylet en plein cœur.

— Comment peux-tu être sûr qu'il s'agissait d'un tueur ? minauda le psychiatre. Ça pourrait être une bagarre entre jeunes...

— Richard Ballestra, le chanteur, m'a téléphoné pour me prévenir que son frère avait un contrat aux fesses.

Courbet se leva, préoccupé.

— Arrête, Tram, là ça ne va plus. Nous ne sommes ni des flics, ni des gardes du corps. Tu aurais dû laisser tomber quand il t'a confié cela.

— En théorie, oui. Mais dans la pratique, il est difficile de se dégonfler, d'autant que le gosse a vraiment failli s'en sortir. C'est curieux, cette affaire, car le type que je soupçonnais du meurtre a été abattu dans la foulée.

— À Barbès ? s'enquit Lambert, qui s'occupait d'un pâté de maisons proche du secteur de Tramson.

— Rue de Clignancourt.

— Rien vu passer.

Courbet se leva à nouveau et se planta devant Tramson.

— J'espère que tu ne mènes pas une enquête à la con, Tram ?

— Tu rêves, j'ai à peine le temps de dormir.

— N'oublie jamais que nous sommes des éducateurs de terrain, autrement dit très proches des délinquants. Cela ne doit pas nous transformer en truands pas plus qu'en justiciers. Okay ?

— Entendu. À part ça, j'ai Samir et Nasser qui s'accrochent à leur job de manutentionnaires. Je pourrai peut-être les lâcher bientôt. Par contre, Lomshi et La Ciotat, dont je vous parlais la semaine dernière, sont indécrottables. Ils ne veulent pas travailler mais, d'un autre côté, j'ai le sentiment qu'ils ne sont plus branchés sur les casses d'appart.

— Pourquoi ? s'étonna Lambert.

— Ils n'insistent plus au sujet du camion.

— Ils en ont peut-être trouvé un autre, observa le psy qui se faisait un devoir de tout expliquer.

— Il a raison, Tram, approuva Courbet. Suis-les quand même, si ça te branche.

— Pas de problème, ils sont toujours fourrés chez moi à bouffer mes yaourts et à déglinguer la télé.

L'assemblée éclata de rire à ces mots. Chacun alluma sa cigarette de prédilection et Courbet se versa une rasade de Coca en invitant Tramson à poursuivre.

— J'ai aussi une nouveauté : deux filles de seize ans, plaisanta Tramson. Virées de leur second lycée, on leur promet le tapin pour très bientôt. Ça ne les emballe pas des masses.

— Il faut leur trouver un emploi régulier, loin du quartier, proposa Courbet.

— Seize ans, camarade directeur !

— Quelqu'un a une idée ? s'informa Courbet en dévisageant chaque éducateur l'un après l'autre.

Lhostis, un frisé mince et bien vêtu, leva la main :

— J'ai.

— Vas-y, fils.

— Le gars qui s'occupe du casting de *La ballade perdue* recherche deux beurettes de seize ans. C'est un copain, expliqua-t-il.

— Combien de jours de tournage ?

— Quinze. Dans le treizième et à Ivry. Elles sont comment tes filles, Tramson ?

L'éducateur prit la peine de réfléchir.

— Bronzées.

— Connard. Jolies ?

— Elles sont mignonnes et souriantes mais l'une des deux doit être portugaise.

— Ça ne fait rien, je verrai ça avec Truber, le gars du casting. Tiens, dis-leur de venir se présenter là demain matin.

Disant cela, il tendit à Tramson un papier sur lequel une adresse était griffonnée à la hâte.

— Merci, Lhostis, t'es une bête ! Je peux te pistonner pour rentrer à l'ANPE, si tu veux ? Là-bas, j'ai ma chaise attitrée près du radiateur.

— T'as toujours été un aventurier, Tram !

Tramson fit à nouveau les frais du rire général ; inconsciemment, ils prolongeaient la réunion car ceux qui les entouraient pouvaient recevoir leurs confidences, les entendre à visage découvert et les encourager à poursuivre. Une fois dans la rue, ils se retrouveraient à nouveau seuls pour décider, agir, casser sans comptes à rendre qu'à eux-mêmes.

Tramson et Lambert sortirent les premiers.
— Je te dépose ? proposa Tramson.
— Oui, j'ai deux mots à te dire.
Ils prirent place dans le camion et l'éducateur orienta le Ford en direction du métro Marcadet-Poissonniers.
— Voilà, commença Lambert, je suis sur un coup concernant une gosse de treize-quatorze ans, Samia Seïbar. C'est son frère qui m'a prévenu. Elle fait semblant d'aller à l'école mais en fait, elle passe tout son temps chez un Tunisien qui la prépare au tapin.
— Volontaire ?
— Probablement séduite au départ. D'après le frangin, il faut éviter de prévenir les parents : le père est un violent.
— Tu as contacté la gosse ?
— Non, justement, car j'ai déjà eu des emmerdes avec Kader, le Tunisien en question. S'il me voit tourner autour de la gamine, je vais me prendre une tête au carré.
Tramson ne répliqua pas. En fait, il répugnait à s'occuper des filles. Il se trouvait toujours un peu balourd face à ces gamines déjà rouées et les arguments qui portaient sur les mecs devenaient inopérants auprès d'elles.
— Tu connais l'adresse de ce Kader ?

— 37, rue Stephenson. Il vend ses services à vaisselle sur le trottoir à Château-Rouge.

— D'accord, je vois qui c'est. J'irai en fin d'après-midi jeter un coup d'œil mais je ne te promets rien.

— Évidemment. Dis donc, on descend sur la Côte, en juillet ?

— Les mecs t'en ont parlé ?

— Et comment ! Ça les branche encore plus que les week-ends de ski.

— Ça me plairait assez, je pourrais passer voir ma gosse à Hyères dans la foulée... mais cette fois-ci, on vendra des gaufres. C'est moins écœurant que les frites et les merguez.

— On en prendrait combien ?

— Six, plus nous deux. Avec une tente et les couchettes dans le camion, ça devrait gazer.

Lambert approuva et tourna la tête en direction du trottoir. Un jeune homme titubait sur la chaussée, plongeant son visage rougi dans un sac de colle.

— Arrête-moi là, commanda Lambert, Double-Scotch a encore sa dose.

Il sauta du camion et s'approcha du sniffeur alors que Tramson s'éloignait vers la Place.

Farida, accrochée au flipper du Navy Bar, posait un œil morne sur le tableau de comptage. Elle portait un pantalon de toile blanche et un tee-shirt noir. Cinq Arabes de son âge s'extasiaient à ses côtés sur le chemin tourmenté emprunté par la bille d'acier qui virevoltait entre les plots. Tramson lui posa la main sur le bras :

— Je peux te parler ?

Elle abandonna l'engin métallique et ils contournèrent la place écrasée de soleil. Tramson s'enfonça dans un mensonge éhonté pour occulter le rôle de Lhostis et parvint enfin à proposer à la jeune fille la figuration suggérée par son collègue.

— Évidemment, ça ne dure que quinze jours mais après, il y aura les vacances...

— C'est formidable ! s'extasia l'adolescente. Tu connais les acteurs du film ?

— Non, j'ai oublié de demander.

Tramson pêcha l'adresse dans sa poche de treillis et la tendit à Farida. Elle releva la tête vers lui en souriant. Brutalement, une association d'idées inspira l'éducateur :

— Au fait, as-tu entendu parler d'un dealer nommé Franck ?

— Le hippie ?

— C'est ça.

— Bien sûr, c'était le jules d'une copine de lycée, Sophie Lobrot.

Alors Tramson posa sa question très calmement, comme pour ne pas mettre sa chance en péril :

— Il me faudrait l'adresse de ton amie, Fari. Franck est mort et je voudrais lui en parler.

— Dealer, c'est pas un métier d'avenir. Mais pour l'adresse, c'est facile, elle habite chez lui depuis quatre mois.

— Je voulais dire : l'adresse de ses parents.

En réalité, Sophie pouvait très bien avoir opté pour la Suisse, la Belgique ou tout simplement se terrer dans l'immeuble d'en face. Mais Tramson pariait sur son jeune âge : on se retourne volontiers vers la famille à dix-sept ou dix-huit ans.

— Je l'ai peut-être à la maison. Attends-moi cinq minutes, proposa Farida.

L'adolescente sautilla jusqu'à son immeuble situé à une cinquantaine de mètres.

Tramson sortit son paquet de gitanes et s'en planta une au coin du bec. Si ce n'était pas loin, il pourrait y faire un saut dans l'après-midi.

Le quartier était calme, écrasé par les premiers feux de l'été qui incitaient au farniente. Le mauvais moment, c'était juillet : la période bénie des casses. Mais en juillet, ils seraient sur la promenade des Anglais, occupés à débiter des gaufres au kilomètre. Quatre équipes de deux qui se relaieraient sous la guérite-bar-cuisine. Ils pourraient peut-être tenter de faire cuire des pizzas ; une nourriture moins puante que les merguez mais il leur faudrait un four. Tramson s'imaginait déjà écumant les puces de Saint-Ouen à la recherche d'un four à bois quand Farida revint vers lui, dépitée.

— J'ai pas ! Tu devrais essayer par le lycée, en racontant que tu as trouvé ses affaires de classe dans un bar. Pour lui rendre, il faut bien que tu aies son adresse !

— Pas mal. Okay, je vais faire comme ça... c'est quel lycée, déjà ?

— Jacques-Decour, au square d'Anvers. Dis donc, je m'habille comment pour l'audition ?

— Toute nue sous ton tee-shirt, c'est un porno.

— Quoi ?

Tramson éclata de rire et quand il riait, son sourire découvrait ses gencives, le révélant plus fragile qu'il n'aurait souhaité le montrer.

— Mais non, je plaisante. Tu y vas comme ça, c'est parfait.

Là-dessus, il prit congé de la jeune fille et se hâta vers une cabine téléphonique libre, à cinquante mètres. Il compulsa l'annuaire, mit le doigt sur le numéro qu'il cherchait et, vieillissant sa voix, demanda à parler au proviseur.

Tramson poussa la grille rouillée et s'enfonça dans le jardinet. Le pavillon du 82, rue d'Aigremont à Poissy paraissait franchement anachronique, perdu en lisière d'une cité HLM. Il était situé en bout de ville, sur un plateau venteux, et jouxtait des plantations de poiriers. Un peu plus loin, au-delà de l'autoroute, le regard venait buter contre un hypermarché Continent masquant en partie la forêt de Marly.

Il pressa le bouton de sonnette. Une brunette aux yeux noirs, serrée dans des jeans craquants, vint lui ouvrir.

— Sophie ?
— Oui, c'est moi. Qu'est-ce que vous voulez ?
— Te parler de Franck.

Elle ouvrit des yeux ronds et sa bouche s'affaissa.

Puis, jetant un regard agacé par-dessus son épaule, elle chuchota à l'éducateur :

— Attendez-moi deux minutes.

Elle poussa la porte sans la fermer et Tramson l'entendit s'adresser à une interlocutrice invisible. Puis elle réapparut, vêtue d'une veste de toile bleue, et indiqua du menton les rues uniformes de la cité :

— Marchons.

Ils s'éloignèrent, sans parler, d'une centaine de mètres et Sophie se tourna enfin vers Tramson.

— Qui êtes-vous ?

— Je m'appelle Tramson, je connaissais Franck. Je suis passé chez lui hier, la porte était entrouverte et je l'ai trouvé mort à l'intérieur de la... du studio.

— La piaule, la putain de piaule. Vous fatiguez pas !

— Okay, si tu préfères.

— Qui vous a donné mon adresse ?

— Des filles de Barbès m'ont dit que tu allais à Jacques-Decour avant de vivre avec Franck. J'ai simplement demandé ton adresse au proviseur.

Elle roula des yeux fous.

— Mais alors, les flics vont faire la même chose !

— Il faudrait qu'ils fassent le rapprochement entre Franck et toi et il n'y a pas de raison. Quand un dealer est tué, les policiers concluent le plus souvent à un règlement de comptes et classent le dossier.

La respiration de la jeune fille reprit son cours normal.

— Oui, c'est juste. Vous m'avez fait peur.

— De toute façon, tu n'as pas tué Franck, n'est-ce pas, Sophie ?

— Ça va pas, non !

Puis, en chuchotant pour elle-même :

— Franck... mon gars.

Elle éclata en sanglots. Tramson leva les yeux au ciel. Il rencontrait trop de filles depuis deux jours, ça commençait à lui porter sur les nerfs. Il tendit son mouchoir à Sophie.

— Merci, renifla-t-elle.

Puis ils s'installèrent derrière une table de la cafétéria qui étalait son plexiglas acidulé au centre du béton social.

— Allez, raconte-moi.
— Pour quoi faire ?
— Je veux savoir qui l'a tué.

Cependant, Tramson s'abstint de lui dire que Franck était en fait une belle ordure. Il avait tué lui aussi. Il pressentait que la jeune fille aurait mal supporté l'accusation. Elle risquait de se braquer et il n'en saurait pas plus.

Elle avait besoin de parler à quelqu'un, besoin de confier son secret trop lourd pour revivre par procuration les bribes misérables de leur éblouissement commun dans la chambre de Pigalle. Elle décida sagement de passer sous silence sa tentative de meurtre à l'Élysée-Montmartre.

— Voilà, commença-t-elle, on s'apprêtait à fêter mon anniversaire et deux types sont entrés chez nous. Deux Noirs. Pendant qu'ils interrogeaient Franck, ils m'ont enfermée dans la cuisine. Puis j'ai entendu tirer un coup de feu, ça m'a rendue dingue. J'ai réussi à faire sauter le verrou en poussant sur la porte. Franck était mort, comme vous l'avez trouvé. Les deux Noirs cavalaient dans l'escalier alors j'ai regardé par la fenêtre et je les ai vus grimper dans une Toyota conduite par un blond en imper gris. À mon avis, c'est lui qui commandait.

— Bien, décris-moi les deux Blacks, maintenant.

Elle ferma les yeux, pinça les lèvres puis débita d'une voix tremblante mais précise :

— Un grand avec une casquette de base-ball et une balafre sur la joue ; un moyen, mince, sans rien de spécial. Ils portaient des genres d'imperméables bleus.

— Tu ne vois rien d'autre à me dire qui pourrait m'aider ?

— Non, j'vois pas.

— Tu as bien une idée sur les raisons pour lesquelles il a été tué, non ? insista Tramson d'un ton uni.

Elle baissa les yeux, désemparée, car la question impliquait des souvenirs qu'elle s'évertuait à enfouir dans son subconscient.

Puis elle plongea :

— Il voulait nous acheter un studio luxueux à Belleville, alors il a augmenté le prix des doses en gardant la différence pour lui. Le fournisseur a dû s'en apercevoir... je ne vois que ça comme explication.

— Le nom du fournisseur ?

— Il ne donnait jamais de détails sur le deal... on parlait surtout de nous, de l'avenir, expliqua-t-elle, la voix cassée.

Tramson n'y croyait pas trop mais n'en laissa rien paraître.

— Qu'est-ce que tu fais, maintenant ?

— Je révise en catastrophe pour le bac.

Toute la misère du monde dans sa voix. Il posa un regard panoramique sur le décor : rien n'incitait à l'allégresse. Un bac à rater, une cité morne, un père alcoolique et presque veuve à dix-huit ans.

Tramson virait cafardeux. Il s'ébroua, serra la main de la jeune fille et regagna son camion en toute hâte.

Chapitre 7

La femme blonde pouvait approcher les trente ans mais personne à Barbès n'aurait misé dix centimes là-dessus. Une chose était sûre, par contre : elle était à poil sous son manteau trop court. Échancré, le manteau. Même Belkacem, le marchand de figues bigleux de la rue des Islettes, remarqua la pâleur d'une cuisse ferme entre les pans du tissu.

Elle était un rien tordue, la mère.

Les trois cent quatorze Arabes et Africains qu'elle croisa sur sa route cet après-midi-là s'en firent la réflexion. En vérité, elle avait fait le mur à Cochin, derrière le pavillon de psychiatrie d'urgence qui lui offrait asile. Puis elle avait pris l'autobus, déclenchant, par sa seule présence, un début d'émeute chez les adultes de sept à soixante-dix-sept ans. Enfin, elle était descendue au carrefour Barbès-Ordener et, pour l'heure, arpentait les rues du quartier en tortillant ses fesses que le vêtement hivernal contenait avec peine.

Elle devait stopper de temps à autre car des dragueurs

professionnels souhaitaient vivement vérifier la réalité de ses rondeurs. Les gars devenaient franchement hilares quand ils parvenaient à écraser leurs macaronis contre ses reins. Puis leurs yeux croisaient ceux de la jeune femme et toute leur virilité se ratatinait sans prévenir.

Elle impressionnait, faut dire. Pour se débarrasser des macs ventouses, elle débitait d'une traite :

— J'peux pas m'arrêter, on m'attend au dispensaire...

Du coup, ils la laissaient filer, pour se rendre compte un peu tard qu'elle tournait délibérément le dos au dispensaire de la rue René-Binet.

Elle parvint ainsi, déjantée et spasmodique, jusqu'au métro Château-Rouge. Et là, Kader faisait son numéro.

Le visage jouffu du Tunisien surmontait un corps adipeux sanglé dans des vêtements de toile dont les coutures étaient tendues à craquer. Il trônait derrière un échafaudage de vaisselle dépareillée et haranguait une vingtaine de glandeurs, de mères de famille antillaises et d'Africains vêtus de costumes pistache ou abricot.

— Alors, fils de putes, trente francs les douze ! Je répète : trente francs. Une fois, deux fois, trois fois !

Comme personne n'interrompit son délire, il pivota sur la gauche et, d'un geste rageur, fracassa les douze assiettes sur le bitume. Gros soupir de consternation chez les badauds.

— Même ma merde, je vous la vendrais. Kader ne donne rien. Ou alors : DES—TRUC—TION !

Il rafla six tasses aux motifs roses et verts d'un mauvais goût achevé et les brandit devant lui :

— On passe aux choses sérieuses. Émaillées par Ben Mabrouk, ce ne sont plus des objets, ce sont des œuvres d'art...

Les jeunes femmes, la bouche entrouverte, retenaient leur souffle, les doigts crispés sur leurs cabas.

— Pas cinquante, pas quarante, pas même trente. Non, vingt-cinq francs pour ces six tasses, bande de cloches !

La Madone aux Loukoums de la rue Myrha leva la main droite :

— Pour moi, Kader.

— Bravo ma sœur, c'est de l'argent placé.

Avec un sourire métallique, il empocha les pièces et fit passer les tasses à l'opulente ménagère. C'est alors que son regard percuta un visage insolite au second rang. Il fronça les sourcils, accommoda sur l'apparition et reconnut Sissi, sous un manteau jaune pisseux.

Toutes les chairs de Kader s'affaissèrent. On l'entendit bredouiller plus pour lui-même que pour l'assistance :

— C'est fini pour aujourd'hui. Dégagez !

Puis, dégoulinant de sueur, il s'approcha de la jeune femme qui le contemplait sans bouger, un sourire incertain déformant sa bouche.

— Qu'est-ce que tu fais ici, trésor ?

Elle continua à grimacer sur le même registre.

— Sissi... tu vas mieux, mon ange ? On t'a laissée sortir ?

La fille se décida enfin à communiquer.

— Je leur ai dit : j'veux voir mon homme !
— Bien, bien... et alors ?
— Ils ont pas voulu. J'ai fait le mur.
Et elle éclata d'un rire dément.
— Mais Sissi, tu es toujours malade !
— Faut que j'aille au dispensaire, Kader. Pour mes médicaments.

Le gros bonimenteur ne savait plus où donner de la tête, dépassé par la situation.

— Mais faut retourner à l'hosto, mon amour, il faut te faire soigner !

Elle cessa de sourire instantanément.

— Si je veux. J'y retournerai quand tu m'auras donné mon fric, Kader.

— Ton... ton fric, mais je le garde au chaud, mon trésor. Kader n'est pas un voleur, énonça avec emphase le Tunisien, se gonflant tel un paon.

— Arrête tes conneries. Tu m'as fait embarquer alors que j'étais un peu énervée mais je suis pas con, tu sais.

— Personne a dit ça, bébé...

Soudain, les yeux de l'homme s'aimantèrent à la chair tendre qui agaçait l'œil dans le bas du vêtement. Il laissa tomber l'assiette qu'il tenait en main et chuchota à l'oreille de la jeune femme :

— Sissi, t'es toute nue sous ton manteau ?
— T'as le coup d'œil, Kader ! Bon, on rentre à la maison ?

Les yeux de son époux la fixèrent avec terreur. Non, ils ne pouvaient pas rentrer à la maison car Samia, la gracieuse adolescente dont il vénérait le corps avec assiduité, se prélassait toute la sainte journée sur le divan de la salle de séjour.

— Euh, on a tout le temps de rentrer, Sissi. Tiens, aide-moi à ranger.

Elle accepta de mauvaise grâce. Pendant qu'ils s'activaient autour du massacre de porcelaine, les idées se télescopaient dans la tête de Kader.

Omar. Il fallait qu'Omar le tire de cette impasse et que, d'une façon ou d'une autre, il raccompagne Sissi à Cochin.

Ils empilèrent toute la vaisselle intacte dans une voiture à bras puis Kader essuya son visage ruisselant et proposa :

— On va s'en jeter un chez Hammadi ? Je crève, ici.

— Je veux rentrer, prononça la jeune femme, d'une voix sans timbre.

— Moi j'ai soif, insista le Tunisien.

Il souleva les bras de la carriole et, Sissi boudeuse sur les talons, emprunta la rue Doudeauville sans se retourner.

Chapitre 8

— Faut pas m'toucher !

Avec cinq cognacs confirmés dans l'estomac, Sissi parvenait difficilement à rassembler des lambeaux de lucidité dans sa tête brûlante.

Omar et Sonny Boy s'affairaient près d'elle, faisant glisser leurs mains baladeuses sur son manteau synthétique. Le café s'était vidé peu à peu et le patron s'investissait avec une concentration inhumaine dans la lecture d'*El Moujahid,* Omar lui ayant fait comprendre qu'il n'était pas là pour bigler, seulement pour servir.

Dans son appartement, Kader houspillait Samia, regroupant sur le palier toutes ses frusques fatiguées. Il fit voleter devant son nez trois billets de cent francs pour solde de tout compte.

Puis il évacua du coffre mural les deux cent mille francs que lui avait offerts le receleur sur le produit du casse de la bijouterie Fauvergues. Son gros corps tourbillonnait d'une pièce à l'autre évoquant un babouin hystérique, dans une fosse à Vincennes. Il opta pour les parois du vide-ordures et scotcha ses billets à l'intérieur du cercle métallique.

— Faut pas m'toucher, j'ai dit !

Sissi vocalisait comme aux plus beaux jours. Avant qu'elle ne perde carrément la boule, elle pouvait hurler deux heures d'affilée sans qu'on ait besoin de remonter le ressort. Mais Omar était bien parti lui aussi car pour enivrer la jeune femme, il avait absorbé cinq Ricard et trois Suze.

Il éclata d'un rire soudain et haut perché qui plissa son visage vérolé en mille cratères vénusiens. Puis il posa la main sur le sein droit de la blonde ravagée, pétrissant la chair pâle comme de la vulgaire semoule. Sissi se dressa sur ses pieds et plongea la main dans la poche du manteau. Elle caressa longuement l'objet qu'elle y avait tapi.

— Je t'avais dit : pas toucher la femme blanche, bédouin, bredouilla-t-elle.

Les deux hommes, affolés par cette poitrine que révélait le vêtement entrouvert, avancèrent vers elle, les yeux exorbités. Alors, elle fit jaillir sous la lumière la grenade quadrillée. En trois bonds légers, elle parvint à la porte et dégoupilla l'engin de mort.

Pétrifiés, Omar et Sonny Boy regardèrent rouler vers eux cette boule de pétanque infernale. L'explosion les happa dans son orbe et le café Hammadi devint une nostalgie.

Un vol d'oiseaux noirs dans sa tête.
Des faucons ?

Non, des corbeaux. Des putains de corbeaux rasant en escadrille ses dernières défenses. Elle se projeta près de la rivière, quand la vie ressemblait encore à un matin souriant. Quand elle crucifiait des crapauds sur les murs de l'église.

Boings noirs de détresse. Frémir.
Kader. Le dispensaire.

Elle débarqua rue Stephenson, des flashs incandescents aux quatre coins du cerveau. *La nuit des longs couteaux, trembler pour le Reichstag.* Un parfum âcre la troubla une fraction de seconde.

— Putain de manteau, maugréa-t-elle.

Râleuse, elle grimpa quatre à quatre l'escalier du 37, maudissant la malade qui lui avait prêté ce vêtement aux odeurs d'éther.

Très loin dans sa boîte à fiction, elle enregistra un concert de sirènes. Fallait pas la toucher.

Devant la porte close, elle ne sut quoi décider puis entreprit de gratter le panneau de bois sombre comme n'importe quel matou. La pomponnette is coming home. Un sourire d'enfant irradia son visage.

— Kader, je suis ta femme. Ouvre-moi.

Derrière la porte, le Tunisien respirait avec peine. Il inspecta une dernière fois le décor. Coup d'œil acéré au vide-ordures. Puis il libéra la voie en finissant d'éponger son front humide.

— Entre, mon ange.

Sissi pénétra dans les lieux et fila droit au secrétaire. Elle vida ensuite trois tiroirs, visita la planque derrière la bibliothèque mais délaissa le coffre entrouvert. Trop facile.

La jeune femme se figea, sourire crotale.

— Et les sous, Kader ?

Son époux esquissa une mimique humble à souhait, agitant sa chemise de voile rouge qui s'auréolait sous les bras.

— Tu les auras. J'ai caché le fric mais tu auras ta part, Sissi. Kader n'a qu'une parole.

Les corbeaux. C'était quoi ce film ? *Les bestiaux,* non, *Les oiseaux* !

— Quand j'étais gamine, on clouait les bêtes sur la porte de l'église... confia-t-elle d'une voix lasse, concentrée sur une robe à fleurs toute simple égarée sous l'armoire.

— Mais maintenant tu es grande, Sissi. Tu es une grande fille, ma biche.

— Le dispensaire...

— Kader va te raccompagner à l'hôpital, Sissi. N'aie pas peur.

Elle n'avait pas peur. Elle contemplait maintenant la progression d'une araignée sur le mur du fond. L'insecte regagna sa toile et Sissi se découvrit, avec horreur, prisonnière des mailles du piège. Ferrée à jamais. Mais ça n'était pas possible ! Elle ne pouvait être ici, au centre du living, et dans la toile d'araignée sur le mur.

— J'ai commencé à merder après le casse, Kader. Après cette chute dans la cour arrière... Maintenant, je vois des corbeaux. Ils tiennent des allumettes enflammées dans leur bec.

— C'était juste une petite chute, Sissi. Un mois d'hosto et on n'en parle plus.

Elle connaissait la rengaine. Fatiguée, elle opta pour le sofa cool.

Kader l'avait mise sur le coup de la bijouterie car seules ses hanches menues pouvaient se glisser par le vasistas des toilettes du bijoutier.

Le casse. La neutralisation des circuits électriques. Et la descente sur une corniche étroite.

Tout reprit forme peu à peu dans la tête de Sissi. Les sons, les odeurs, les lumières assourdies de l'arrière-cour se recomposèrent par fragments. Le chauffeur était dessous et récupérait les bijoux dans le panier qu'elle faisait descendre au bout d'un fil. Puis... cette poussée dans le dos.

La nuit et, plus tard, les corbeaux.

Ce coup de poing dans les reins, un seul homme pouvait le lui avoir donné...

Kader.

Elle s'arracha au siège moelleux et se traîna vers son compagnon, la bouche tordue et le manteau entrouvert.

— Dis-moi que tu m'aimes, chéri, je suis pas bien...

Le casseur d'assiettes, docile, fit trois pas vers elle.

— Tu es mon ange, Sissi, mon trésor. Sans toi, Kader est malheureux.

— Tu m'aimes, alors ?

— Mais oui, je t'aime.

Exaspéré, il leva les yeux au ciel en l'enlaçant. Sissi posa sa tête sur l'énorme épaule de son homme.

— Redis-le encore.

Il s'exécuta en lui caressant machinalement les fesses. Elle joignit les mains derrière le cou du Tunisien et, avec l'index droit, dégoupilla la seconde grenade.

Chapitre 9

L'éducateur abandonna le Ford devant son immeuble et gagna le nez au vent la rue Stephenson. Il n'avait pas eu le temps d'élaborer un plan pour contacter Samia et s'en remettait à sa faculté d'improvisation.

37, rue Stephenson. Il leva les yeux vers les étages, hésitant sur la conduite à tenir. Alors qu'il baissait le regard pour consulter sa montre, une secousse infernale arracha les fenêtres du second niveau. Une table sans pieds, des chaises tordues, la bourre d'un siège éventré ainsi que deux sacs de chair sanguinolente vinrent s'empaler sur un faisceau de motos Honda garées sur le trottoir.

Tramson reprit ses esprits dans la sciure d'un café, au centre d'un monticule de verre brisé. Des jeunes gens affolés hurlaient dans la rue. Il se redressa péniblement alors que le cafetier, penché vers lui, le dévisageait avec intérêt :

— Ça va aller ?
— Oui... oui, je crois.

— L'explosion vous a projeté au milieu de la rue et vous avez été accroché par une voiture qui passait. Ce salaud ne s'est même pas arrêté...

— Je n'ai rien au visage ? s'inquiéta Tramson.

— Vous vous êtes coupé contre ma vitrine mais je vous ai posé un sparadrap sur le cou.

Tramson flageolait. Les images, les bruits, les hurlements, une sirène couinant à mort, imposèrent peu à peu leur réalité dans sa tête cotonneuse.

— Que s'est-il passé ?

— La deuxième grenade de la journée. Cette fois-ci, ils sont morts tous les deux, Kader et la fille.

— Kader et... Quoi ? hurla Tramson.

Il était déjà dans la rue. Tous les badauds environnants s'étaient déplacés pour ne pas perdre une miette du spectacle. Déjà, deux pompiers s'affairaient près d'un corps coincé sous une moto alors que d'habiles promeneurs commençaient à confisquer tout un échantillonnage de vieilleries qui, elles aussi, étaient passées par les fenêtres.

Au centre d'un second groupe de pompiers, deux formes ignobles tentaient vainement de faire croire qu'elles avaient pu rire ou aimer quelques minutes plus tôt. C'en était fait de ces deux-là. Une flaque rouge miroitait sous les derniers assauts du soleil de juin mais Tramson se força quand même à avancer. Des adolescents se pressaient eux aussi vers cette charpie. Il ferma les yeux à demi comme pour atténuer l'horreur de l'image elle-même puis peu à peu les ouvrit sur le visage en partie arraché d'une jeune femme blonde au manteau rouge de sang. Elle paraissait costaud pour treize ans.

Il aborda l'un des pompiers qui s'efforçait de concentrer son regard sur l'immeuble sinistré.

— On connaît l'identité de la fille ? demanda Tramson, d'une voix blanche.

L'autre abandonna sa contemplation et confia à regret :

— C'est seulement sa mousmée, d'après les voisins.

— Comment s'appelle-t-elle ?

— Demandez-leur, j'ai autre chose à faire qu'à répondre à des questions idiotes.

Tramson se tourna vers une grosse femme en robe grise qui pétrissait un mouchoir contre sa bouche.

— Vous connaissez le nom de cette femme ?

— Sissi. Elle sortait d'un hosto pour les dérangés du citron. Avant d'se foutre en l'air, cette morue a fait sauter le bistrot d'Hammadi.

L'éducateur laissa enfin l'air emplir ses poumons. Il aurait mal supporté la mort de Samia après celle de Fred Ballestra, les plaisanteries les plus courtes étant les meilleures.

Alors qu'il tournait le dos au massacre pour se rapprocher de la Place, une seconde explosion secoua la rue. Toutes les vitres sur deux cents mètres se brisèrent dans un fracas épouvantable. Hébété au centre de la chaussée, Tramson devina au son la nature de ce dernier séisme : le gaz.

Tous s'étaient tus maintenant, figés dans l'attente d'une ultime punition puis, brutalement, la peur déserta leurs poitrines et ils commencèrent à brailler à l'unisson.

Tramson identifia les grosses fesses de Nasser qui pérorait au centre d'un trio maghrébin. Alors qu'il s'apprêtait à saluer le jeune homme, celui-ci tendit le doigt en hurlant vers le second étage du 37. Au bord du trou béant nouvellement créé, un récipient métallique coincé par les parpaings déversait de populaires papiers verts à l'effigie de Voltaire. La foule reconnut bien vite les billets de banque qui virevoltaient mollement vers elle et, instinctivement, tendit les bras vers cette manne.

Les cadavres mutilés appartenaient déjà au passé.

Allah était grand et ce fut la ruée.

Chapitre 10

Les idées se pressaient dans la tête de Sonny Boy, ça ronflait là-dessous comme aux plus beaux jours, une soufflerie carrément inspirée qui lui susurrait : danse, Sonny, danse, la chance est avec toi.

Le jeune Noir se hâtait sur le boulevard avec en ligne de mire l'enseigne de l'Élysée-Montmartre. Une bande roulée serrée autour de son crâne évoquait un turban hindou du meilleur effet. Seule la tache rouge souillant la velpeau au-dessus de son oreille droite laissait entendre que Sonny était en fait un blessé certifié. Un miraculé, comme qui dirait.

Quand Sissi, cette salope, avait lancé sa grenade, Sonny s'était jeté comme un dément sur la fenêtre du café Hammadi. Il avait donc pu supporter dans un confort relatif — le nez contre le bitume — le souffle de la déflagration. Omar et Kateb, l'esprit engourdi par l'alcool, n'avaient pas bougé. L'avenir appartient aux gens qui se soulèvent tôt. Ha, ha !

Sonny pensait comme ça. C'était ce genre de type.

Un peu plus tard, en remontant sur Château-Rouge, il avait perçu, comme tout un chacun, les deux explosions rapprochées. Curieux, il s'était hâté de rebrousser chemin pour gagner la rue Stephenson. Et c'est là que Brahim lui avait apporté la meilleure nouvelle de la journée :

— Sissi et Kader se sont fait sauter la paillasse à la grenade.

— Tu es sûr qu'il s'agit de Sissi ? avait insisté Sonny Boy, qui connaissait l'existence de Samia.

— J'ai vu ses cheveux. Approche-toi, tu verras.

Sonny Boy qui avait son compte de bidoche malmenée pour la journée ne se rapprocha pas des cadavres. Brahim avait l'œil : s'il disait Sissi c'était Sissi. Ce qui offrait des possibilités inattendues à Sonny Boy car il en pinçait pour Samia. Disons plutôt qu'il fomentait avec son cousin Bako des projets précis concernant un boxon d'adolescentes aux culs agressifs et aux seins bourgeonnants. Prix prohibitifs, champagne pour tout le monde. Le rêve.

Samia était à la rue, bonne à prendre, mais Sonny devait informer Bako avant de mettre le grapin sur la gosse.

Il trottait donc vers son cousin qui, pour l'heure, se roulait un joint dans une loge désaffectée de l'Élysée-Montmartre.

Tramson rentra chez lui sans croiser une seule tête connue. Tout Barbès était rassemblé à l'angle Doudeauville-Stephenson et la Place, habituellement très fréquentée, évoquait un no man's land après la bataille. Parvenu dans son logement, il s'allongea sur son lit, la tête encore lourde, puis se repassa en accéléré les événements de la journée.

Kader et son épouse, il s'en tapait comme de l'an quarante mais c'était tout bon pour Samia. Lambert devait maintenant être au courant car le téléphone fonctionnait rapidement à Barbès. Restait Sophie et sa description du tueur à casquette de base-ball. Tramson se promit d'ouvrir l'œil et d'en toucher deux mots à Abdullah. Si l'homme vivait dans le quartier, Abdullah saurait le dénicher.

Puis il commença à rédiger une lettre pour sa fille, lui annonçant ses prochaines visites en juillet. La gamine vivait entre Hyères et Toulon avec sa mère et Tramson se promettait de l'enlever chaque week-end, en attendant de l'emmener camper fin août en Bretagne, comme il le lui avait promis.

Il cacheta l'enveloppe, retira ses chaussures et passa dans la salle de bains. La sonnerie du téléphone le fit sursauter. L'éducateur décrocha en soupirant.

— Allô...
— Tram ?
— Oui... Lambert ?
— Arrive tout de suite avec ton camion, je suis dans une cabine à Château-Rouge...
— Mais, je...
— Ils enlèvent Samia. Dépêche-toi, bordel !
— J'arrive.

Il sauta dans ses chaussures et, sans trop réfléchir, dégringola les étages de son immeuble, cherchant du regard le Ford gris. Dans quels emmerdements allait-il à nouveau plonger ?

— Là-bas, la vieille Opel bleue ! hurla Lambert en grimpant dans le camion.

Tramson déboîta, arracha au passage le pare-chocs arrière d'un cube Citroën sans âge et, brûlant un feu rouge, entreprit de filer le train à l'Opel qui remontait le boulevard Rochechouart parallèlement au métro aérien.

— Bon, tu m'expliques, maintenant.

Lambert avala sa salive, les yeux rivés sur l'arrière de l'Opel.

— Après l'explosion chez Kader, j'ai commencé à zoner dans le quartier en essayant de repérer Samia. Je me suis posté dans un café qui fait face à l'appartement de ses parents et je l'ai vue débarquer avec son sac Tati. Au même moment, deux Blacks sont sortis de l'Opel et l'ont embarquée, vite fait, bien fait. Ils ont été coincés dans un embouteillage près du métro, ça m'a laissé le temps de t'appeler...

— Tu les connais, les Blacks ?

— Jamais vus. Le plus âgé porte une casquette de base-ball et il a l'air mauvais. Tu connais ?

Tramson sursauta.

— Peut-être. Si c'est bien le même, il m'intéresse bigrement.

Après cet échange, ils la bouclèrent, se contentant d'aimanter leurs regards aux lanternes arrière du véhicule qui emportait Samia. La nuit descendait lentement sur le boulevard et la faune habituelle se bousculait déjà devant les étalages de Wiscas cantonnais et les échoppes glaciales dévolues au Ron-Ron marocain. La circulation était considérablement ralentie par les feux de signalisation et le goulet d'étranglement place de Clichy. Ils parvinrent ainsi, concentrés sur leurs problèmes respectifs, à l'embranchement Clichy-Caulaincourt.

L'Opel bifurqua brusquement sur la droite, se préparant à enjamber le cimetière Montmartre. Tramson s'accrocha et parvint à garder le contact en se glissant entre deux bus.

— On est repérés, constata Lambert.

— Peu importe, l'essentiel est que nous sachions où ils emmènent la fille.

La voiture bleue s'engouffra à toute vitesse dans la rue Caulaincourt. Les deux véhicules parvinrent ainsi place Constantin-Pecqueur où une dizaine de touristes allemands se baguenaudaient en toute décontraction. Les bolides semèrent la panique au sein de la volaille teutonne qui se plaqua à l'unisson contre la carrosserie de son Pullman.

Puis le cortège vira brutalement dans la rue Lamarck, s'apprêtant à gravir la Butte.

— Ils vont redescendre sur Barbès par la rue de Clignancourt. Tu vas te faire coincer dans les virages avec ton gros cul ! prévint Lambert, par-dessus le halètement des vitesses malmenées.

Tramson acquiesça et arracha le Ford Transit à sa position de suiveur pour se porter à la droite de la voiture bleue. Ils croisèrent, fugitivement, le regard éberlué de Samia, rencognée à l'arrière de l'Opel. Au même instant, une Suzuki carénée débarqua sans prévenir d'une rue transversale et Tramson n'eut d'autre solution que de coller d'un coup de volant à l'automobile allemande. Les deux pneus se frottèrent l'un à l'autre dégageant une odeur de gomme brûlée. Et l'Opel percuta le trottoir à hauteur de la rue du Mont-Cenis. Les roues avant bloquées, le véhicule bascula cul par-dessus tête. Il parut un court instant figé, charter monstrueux sur le ciel mauve mais, dans un fracas épouvantable, le tacot retomba sur le toit et, entraîné par la pente vertigineuse de l'escalier, dégringola les degrés, semant la terreur sur son passage.

Tramson délaissa le spectacle et prit de la vitesse. D'un habile coup de volant, il bifurqua rue Lécuyer puis rue Ramey et remonta par Custine en direction du cadavre automobile dont la course avait pris fin contre le flanc d'un autobus de la ligne 80. Tramson gara discrètement son camion un peu plus bas. Déjà, Lambert se dirigeait à toutes jambes vers le lieu du télescopage.

L'Opel s'était encastrée par le travers dans la partie inférieure droite de l'autobus. Une trentaine de personnes piétinaient en ronchonnant autour du magma alors que l'employé de la RATP tirait le corps de l'adolescente sur la chaussée. Lambert et Tramson se penchèrent sur elle. Artère fémorale sectionnée. Lambert, dans les transes, lui confectionna vivement un garrot.

— Ne serre pas trop fort, il faut que le sang circule un peu sinon c'est l'amputation, chuchota Tramson.

— Une ambulance, bon Dieu ! hurla Lambert.

— C'est fait, répondit laconiquement le barman d'un café proche.

Tramson tourna le dos à la jeune fille et se pencha sur la vitre avant, curieusement intacte. Il comprit tout de suite que Sonny Boy, dont il ignorait tout, en avait terminé avec la vie. Bako, le conducteur, serrait contre sa poitrine une casquette de base-ball, essayant maladroitement de contenir un geyser écarlate. Déjà ses lèvres bleuissaient et son teint virait au cendré.

L'éducateur dégagea la portière et rapprocha son visage de celui du Noir.

— Tu connais mon nom ?

Bako acquiesça en battant des paupières.

— Tu vas crever, bonhomme, précisa Tramson.

— ... faire foutre !

L'éducateur pressa son mouchoir sur la poitrine du truand et, le fixant droit dans les yeux, demanda :

— Pourquoi as-tu tué le dealer ?

L'autre essaya de ricaner mais ne put produire qu'un feulement d'outre-tombe.

— ... gardait pour lui commission su... came.

Bon, Sophie avait raison, pensa Tramson.

— Et pourquoi Franck a-t-il tué Ballestra ?

Bako ferma les yeux à demi, un voile opaque descendait devant son regard à la dérive.

— ... j'étais pas... Paris. Franck connaissait... Ball...

— Mais pourquoi, pourquoi l'a-t-il tué ?

Les yeux de Bako étaient maintenant fermés. Un dernier soupir déserta son corps charcuté et il mourut.

Tramson se redressa, l'ambulance stoppait à cinq mètres. Deux infirmiers se penchèrent sur le corps de Samia et commencèrent à lui introduire une foule de tuyaux dans les bras, la cuisse et la bouche puis, alors que les pompiers se chargeaient des deux morts, ils firent glisser la civière supportant la jeune fille à l'arrière de l'ambulance. Lambert, éperdu, dévisagea Tramson.

— On n'y est pour rien, Lambert. Sans cette moto, je l'obligeais à s'arrêter dans le virage.

— Oui... oui, mais la gosse ?

— Elle s'en sortira. Accompagne-la à l'hosto, je préviendrai ses parents.

— Ils sont au 10, rue d'Oran, souffla Lambert. Puis, sans qu'on l'y pousse, il s'engouffra dans l'ambulance.

Chapitre 11

Certains lundis, Abdullah sombrait dans la litanie. Tous ces visages effarés qui défilaient devant lui mutaient en zombis aux formes évanescentes, bouches d'ombres psalmodiant leur misère ordinaire que nul média ne mettrait en scène. L'esprit ailleurs, il se laissait aller à des échanges monocordes.

— Toutes ces seringues, Moktar, qu'en fais-tu ?
— C'est pour m'envoyer en l'air.
— Tu penses durer longtemps, vieux ?
— Demain je crève peut-être, va savoir !
— Et le sida, tu y penses parfois ?
— Ça ou autre chose...

Ce lundi matin, il terminait en roue libre tel un coureur de fond bouclant les derniers quatre cents mètres au train, sans forcer.

— Tu connaissais l'âge de cette fille, Antoine ?
— Elle voulait voir *La guerre des étoiles,* j'ai rien contre la science-fiction...
— Deuxième édition : tu connaissais son âge ?

— J'en sais rien, moi ! Dix-huit, non ?
— Treize.
— Merde, elle suçait comme une grande, pourtant.
— Elle a parlé d'un couteau que tu serrais sur sa gorge pendant qu'elle chérissait tes valseuses. Je parie que tu ne possèdes aucun souvenir de ce couteau ?
— Comment vous avez deviné ?

Toujours la même rengaine, les mêmes mensonges nauséeux. Une odeur de cendres dans la bouche. C'est l'été, pensa Abdullah, j'ai besoin d'air.

L'assistance se souleva, la séance était close pour ce jour-là. Tramson, qui patientait devant l'entrée, se rapprocha du sage.

— On va s'en jeter un ?

Abdullah approuva et, sans se concerter, les deux hommes tournèrent le dos au quartier pour jeter leur dévolu sur un bar tranquille de l'avenue Trudaine.

Tramson relata pour Abdullah les événements des derniers jours.

— Je cherche maintenant à savoir pour qui travaillait Bako.

— Tu es bien le seul à l'ignorer : le cher Bako était l'homme de main de Selnik, le patron de la came sur le boulevard. À mon avis, le type que ta Sophie a vu conduire la Toyota, c'est lui.

Tramson resta un long moment sans rien dire pour digérer l'information. Il buvait sa bière à petites gorgées alors qu'Abdullah le contemplait pensivement en tiraillant sa barbe noire.

— Ça ne colle pas... commença Tramson.

— Explique.

— On me demande de retrouver Fred Ballestra menacé de mort par le racket du show-biz. Fred est assassiné. Qui a fait le coup ?

— Logiquement, le racket en question.

— Et voilà où ça coince : que vient faire Selnik dans cette histoire ? Pourquoi un gros bonnet de la drogue à Barbès fait-il exécuter un mec condamné par le racket du show-biz ?

— Dis donc, blanc-bec, t'as été aux écoles !

— Qu'est-ce que tu crois, on n'est pas des cons par chez nous !

Après cet échange, les deux hommes se concentrèrent en silence sur le problème posé. Puis l'Arabe reprit la parole :

— Fred tapinait sur un territoire contrôlé par Selnik, donc...

— Tu sais bien que Selnik ne contrôle pas l'ensemble de la pègre à Barbès ! objecta Tramson.

— Okay, mais supposons que Selnik doive un service aux durs du show-biz. Ils peuvent lui avoir demandé un renvoi d'ascenseur sur le cas Fred Ballestra, non ?

— Oui... c'est possible, évidemment.

— Tu t'agites beaucoup, Tram.

— Quand Fred a été tué, il était sous ma responsabilité, tu as oublié ?

— Y a des limites à la culpabilité...

— C'est le premier type dont je m'occupe qu'on bousille sous mon nez. J'aime pas ça.

Le religieux secoua la tête, pas convaincu.

Ils se firent resservir deux bières. La rue se réchauffait maintenant, le vent frais du début de matinée était tombé et Tramson se sentait gagné par une douce somnolence.

— Et Roger ? demanda Abdullah.
— Quel Roger ?
— Le mac de Fred, tu m'as dit qu'il s'appelait Roger. Peut-être que par lui tu pourrais en savoir plus sur Fred.
— Fred n'a aucune importance dans l'histoire. Sa mort sert de levier, c'est tout.
— Va savoir ?

Ils se séparèrent sur ce point d'interrogation. À peine rendu sur la Place, Tramson fut accosté par Lomshi et La Ciotat, excités au dernier degré.

— On a vu Lambert ce matin. Il parle d'une virée sur la Côte dans ton camion. C'est du sérieux, pédé ?
— Ça prend forme. On pourrait se faire un peu de fric en vendant des gaufres et des pizzas.
— Nous, on est partants. Tiens, on a cinq cents francs d'économies. Tu les gardes, comme ça on est sûrs de ne pas les dépenser.
— Je vous connais, vous ne voudrez pas travailler, une fois vautrés sur la plage, objecta l'éducateur.
— Combien d'heures par jour ? s'informa Lomshi.
— Deux heures chacun devraient suffire.
— On les fera, pas de problème. C'est d'accord, pédé ?

Tramson leur souriait dans la lumière. Ils possédaient au creux de la main un poil d'une longueur appréciable mais, plus peut-être que Samir et Nasser, ils appelaient une famille de remplacement.

— D'accord. On partira début juillet.

Les deux adolescents s'éloignèrent, s'infligeant mutuellement des coups de pied aux fesses, signe d'un moral optimum.

Sur le coup de dix-sept heures trente, Tramson marchait d'un bon pas rue Stephenson quand son attention fut retenue par une musique étirée et plaintive paraissant sortir d'un baraquement vieillot. Il fit trois pas dans la cour et poussa la porte de l'ancien garage.

Une petite formation mi-rock, mi-jazz, répétait sur un pont de chargement. Parmi la vingtaine de jeunes gens qui écoutaient de toutes leurs oreilles, Tramson reconnut Nasser, un casque de moto à la main.

— Et le boulot, fils ?

Le jeune Arabe se tourna vers Tramson, les yeux brillants.

— On termine à cinq heures et avec la Suzuki, je mets dix minutes pour rentrer... dis donc, ils ont une chanteuse complètement démente ! Tu la connais ?

— Jamais vue.

Tramson aperçut, parmi les visages qui se pressaient sous le podium improvisé, le profil bien dessiné de Farida. La bouche légèrement entrouverte, la jeune fille souriait béatement. Elle détourna la tête du combo et se trouva nez à nez avec Tramson. La gamine maussade des derniers jours paraissait transfigurée. Elle sauta au cou de l'éducateur. Il se dégagea en souriant et remarqua pour la première fois ces évidences : les lèvres pleines et ourlées, la poitrine ferme et les jambes fuselées de la néofigurante.

— Alors, ça te plaît *La ballade perdue* ?
— C'est vraiment bien. J'ai discuté avec Philippe Noiret et Anconina... et dans la scène que l'on tourne demain, j'ai deux phrases à dire.
— Dis donc, c'est la gloire.
— Arrête tes conneries ! En tout cas, c'est grâce à toi.

Elle levait les yeux vers Tram qui les remarqua, eux aussi, à retardement.

Ils étaient parvenus à deux pâtés de maisons du logement de l'éducateur. Celui-ci proposa un Monopoly à Farida : la force de l'habitude. Elle se mordit la lèvre pour ne pas rire tout en hochant vigoureusement la tête. Ils grimpèrent jusqu'à la tanière de Tram, en pouffant comme des cons pour masquer leur gêne. Il oublia le Monopoly et proposa un jus de fruit. Elle dit oui et s'éclipsa dans la salle de bains.

L'éducateur laissa tomber sa veste et posa sur la platine *Solo Dancer* de Charlie Mingus. Farida revint dans la pièce, intégralement nue. Ses joues rosirent légèrement sous le regard admiratif de l'homme. Puis ils renversèrent les jus de fruit, firent un sort au Mingus et roulèrent sur le matelas, les yeux dans les yeux.

Un peu plus tard, Tramson se pencha sur la jeune Arabe qui ronronnait sur sa poitrine.

— C'était la première fois ?
— Non... la deuxième. Ça se voit tant que ça ?

— À l'âge que tu as, ça me paraît normal. Tu as été recontactée par les Grands du tapin ?
— Oui, j'ai dit que je travaillais. Ils savent que c'est toi qui m'as trouvé la place, il faudra faire attention..
— Te bile pas, j'ai la peau dure.

Tramson glissait dans l'inconscience. Il avait réussi à retenir la jeune fille jusqu'à vingt heures. Maintenant, il regrettait de devoir descendre sur la Côte d'Azur, ne pouvant envisager d'intégrer Farida à un groupe de sept mâles. Puis les masques grimaçants de Fred et Bako se substituèrent, dans sa vidéo mentale, au sourire brûlant de la jeune beur.

Il se réveilla, assis bien droit dans son lit, et comprit qu'il avait cauchemardé. Lesté de deux Imovane il parvint enfin à trouver le sommeil.

Chapitre 12

Tramson et les futurs vendeurs de gaufres commençaient à organiser l'arrière du Ford en fonction de leurs prochaines activités. Farida et Graziella, parvenues en fin de tournage, furent retenues pour un second film consacré à la troisième génération immigrée. L'équipe reliait Marseille en avion et les deux jeunes filles, dont ce devait être le baptême de l'air, ne touchaient plus terre.

Même l'affaire Ballestra s'effaçait peu à peu de la mémoire de Tramson. Il lui en restait une amertume toute mentale, un sentiment d'inachevé. Mais l'été était là, incitant à la langueur et aux grandes migrations.

En vérité, Dany était l'un des rares Barbésiens à envisager de passer les mois chauds à Paris. Pour l'heure, il s'admirait sans retenue dans la glace murale du Valencia, la boîte chic de Ruperez située rue de Steinkerque. Le premier étage était consacré aux activités de surface, honnêtes et convenues. Le sous-sol, par contre, se partageait entre une salle de jeu et des petits salons confortables et insonorisés.

Dany arborait un costume framboise, une chemise blanche et un nœud papillon noir. La classe absolue, éclatante voire triomphante. Tout en produisant des mimiques pour son seul agrément, il faisait rouler dans sa poche droite une paire de dés réglementaires. Ruperez fournissait les fonds et Dany faisait fructifier l'argent de l'Espagnol. Les gogos, eux, s'en repartaient au petit matin, lessivés d'importance.

Un loufiat l'interpella sur le seuil de la salle et le lanceur abandonna le miroir pour gagner son lieu de travail. Alors qu'il progressait dans le couloir moquetté lie-de-vin, une porte s'ouvrit à sa droite pour laisser pénétrer un serveur dans le salon privé n° 3. Le temps d'un flash, Dany entrevit deux couples attablés. Il se figea. Les deux hommes lui étaient connus mais il ne parvenait pas à coller un nom sur le visage de l'individu assis aux côtés de Selnik. Il fouilla sa mémoire mais rien n'y fit. Puis, oubliant l'incident, il gagna la table de jeu.

Trois heures plus tard, Dany tirait devant des mises avoisinant les trois mille francs. Ruperez s'approcha dans le dos des deux Américains et de l'industriel marseillais. Mains dans les poches, il contemplait son lanceur qui commençait à suer sang et eau car il y a une marge entre jouer son fric et celui d'un tiers. Puis il lança les dés.

Onze. Abattage.

Le Black, hilare, consulta silencieusement Ruperez qui lui fit signe de continuer.

— Je laisse tout.

Mais les autres se désistèrent. Ils se levèrent un à un, écœurés, et quittèrent la salle en traînant les pieds. Le lanceur tendit la liasse à son patron. Celui-ci confisqua dix pour cent des gains et les tendit à Dany.

— Si tu continues comme ça, j'augmenterai ton pourcentage la semaine prochaine.

— Super ! Dites voir, monsieur Ruperez, j'arrive pas à mettre un nom sur le gars qui fait la bringue avec Selnik. Vous le connaissez ?

— Le nabot avec ses semelles compensées, c'est Richard Ballestra, un chanteur moderne ou un musicien, quelque chose comme ça.

— Ah oui, très bien, je me souviens de lui, maintenant.

Dany salua Ruperez et regagna le niveau du sol, perdu dans ses pensées. Il se revit avec Tramson, espérant l'arrivée de Fred Ballestra sur les lieux de la tuerie canine. Ça faisait un bail qu'il n'avait pas vu l'éducateur mais les circonstances de la mort de Fred lui avaient été rapportées par la rumeur publique. Il tourna le dos à la boîte de nuit et gagna la cabine téléphonique édifiée au carrefour Rochechouart.

Tramson décrocha à la cinquième sonnerie :

— Oui ?

— ...

— Lomshi, arrête tes conneries, j'étais sous la douche !

— Un œil noir te regarde, beauté blanche.

— Dany ! Toujours vivant ?

— *Monsieur* Dany. Je me suis décroché un job dans une boîte de nuit. Le top niveau, Tram, le top niveau !

— Tu fais quoi, dans cette boîte ?

— Je plume les amateurs aux dés avec le fric du patron.

— Bravo. T'es sapé en pingouin ?

— Eh oui, ça convient parfaitement à ma grâce féline.

— Ben, voyons. Accouche, maintenant, je me refroidis.

— Richard Ballestra, le frère de ton ex-protégé, fait la java au sous-sol du Valencia.

Sur le coup, Tramson se réifia. Mais ne put rien rétorquer d'autre que :

— Pigalle appartient à tout le monde et il a le droit de s'amuser, non ?

— Bien sûr, mais il trinque avec Selnik. Tu connais ?

— Quoi ? hurla Tramson dans le récepteur.

— Ah, tu vois, ça t'en bouche un coin. Le rase-bitume de la techno avec le chef de la dope : c'est nouveau, ça vient de sortir.

— Tu es sûr que c'est lui ?

— Du béton. Ils traînent deux putes à trois mille balles la nuit derrière eux.

— C'est dingue. Je suis là dans dix minutes, tu m'attends ?

— Okay. Au bar du Commodore.

Tramson raccrocha et enfila ses vêtements sans même se sécher. Ballestra en bordée avec le commanditaire du meurtre de Fred, ça le dépassait.

Dany, accoudé au bar, se faisait la main sur une piste de 421. Le barman contemplait, les yeux ronds, une série d'as que le lanceur tirait sans ciller.

— Monsieur refuse de parier, s'amusa Dany en indiquant l'homme derrière le zinc.

— Il a raison, tu triches, répliqua Tramson.

— Ça, c'est une vanne de perdant.

— La ferme. Où sont-ils ?

Ils se tournèrent ensemble vers l'enseigne du Valencia qui clignotait dans la nuit.

— Ils ne vont pas tarder, précisa le joueur. Quand je suis parti, ils en étaient au dessert.

— Tu connais bien Selnik ?

— Comme tout le monde, sans plus. Je le verrais bien fourguer sa came au show-biz par l'intermédiaire de Ballestra...

— Pourquoi tu dis ça ?

— Parce que Selnik n'a pas de temps à perdre avec un trou du cul techno.

— C'est pas possible...

— Si tu le dis !

Alors que Tramson s'apprêtait à répliquer, la porte de la boîte de nuit s'ouvrit sur Selnik et Ballestra, flanqués de deux professionnelles aux regards serviles. Les hommes paraissaient quelque peu éméchés et les filles laissaient fuser dans l'air tiède des rires niais et forcés.

Pendant que Tramson contemplait le spectacle irréel des deux hommes se congratulant au-dessus d'une Mercedes Benz, Dany se pencha vers lui :

— Alors, convaincu ?

— Oui... mais ça ne me plaît pas du tout. Je ne comprends plus rien à cette histoire.

— Les voies du Seigneur sont impénétrables, mon frère.

— Amen.

Puis la berline allemande se glissa dans le flot automobile et il n'y eut rien d'autre à faire qu'à réclamer une tournée de cognac. Tramson, malgré la répugnance qu'il éprouvait à l'égard des alcools, avala sans ciller trois verres d'un Martell décapant.

Un staccato lointain obsédait l'éducateur. Il s'éveilla tout à fait et, l'esprit engourdi, se rendit compte que l'on tambourinait à sa porte. La Ciotat, pensa-t-il.

Il gagna la minuscule entrée et tira le panneau vers lui : une clé anglaise s'abattit sur sa pommette gauche alors que des bras musculeux le poussaient en direction du lit. Sans pouvoir mettre un nom sur chaque visage, il reconnut les hommes de main du plus grand maquereau barbésien. Ils avaient dézippé leurs blousons de cuir et se penchaient sur lui avec intérêt.

— Tu sais pourquoi on est là, Tramson ?

— Je ne vois pas...

— Les filles, c'est pas ton rayon. Faut pas t'occuper des filles de Barbès, mec.

— Elles cherchaient du travail...

— Justement. On peut leur trouver du travail pas fatigant : suffit d'écarter les cuisses.

Les deux hommes éclatèrent de rire sans quitter l'éducateur des yeux.

— Elles n'ont peut-être pas envie de les écarter, s'insurgea Tramson.

— Ça, c'est leur problème, pas le tien. Allez, retire ta chemise.

Tram roula sur le lit, se redressa et plongea vers la porte comme un dément. Les plus gros des deux Tunisiens lui accrocha la jambe et les deux hommes le ramenèrent vers le lit. Puis, méthodiquement, ils commencèrent à le labourer de coups aux endroits où ça fait mal.

Chapitre 13

Les meubles étaient flous, les murs tanguaient et le monde lui-même chavirait sous la houle. Un soleil étouffé filtrait péniblement à travers les persiennes, projetant sur le mur de la chambre un tamis rectiligne. Tramson entrouvrit les yeux. Deux visages inquiets firent leur apparition, deux masques regardés derrière une loupe monstrueuse.

— Ça y est, il se réveille, observa Samir.

Farida fit oui avec la tête et déplaça la compresse sur le front de l'éducateur. Tramson se redressa petit à petit sur les coudes comme un vieillard arthritique et précautionneux. Il ouvrit la bouche et se félicita de posséder encore une bouche.

— De quoi j'ai l'air ?

La jeune fille lui adressa un sourire contraint.

— Pas terrible...

— T'es pas pire qu'un boxeur à la fin d'un match, le réconforta Samir.

Tramson se força à sourire mais, bon Dieu, ça lui coûtait.

— Comment êtes-vous entrés ?

— C'est La Ciotat qui nous a prévenus. Il a vu de la lumière chez toi. Il a frappé et tu n'ouvrais pas. Farida regardait la télé à la maison, alors on est venus ensemble. La Ciotat a crocheté la porte, expliqua Samir, mais c'était pour la bonne cause !

— Qui t'a fait ça, Tram ? questionna Farida.

— Les Grands. Ils étaient furieux pour toi et Graziella.

— Si j'avais su...

— Dis pas de bêtises ! En deux jours on se remet d'une raclée et ça m'apprend l'humilité.

Elle se pencha vers lui et, très doucement, baisa les lèvres boursouflées de Tramson.

— Bon, je commence à gêner, plaisanta Samir.

— Reste. Vous avez passé la nuit ici ? s'enquit Tramson.

— Ben, oui...

— Préparez le petit-déjeuner, je vais me refaire une beauté.

Soutenu par la jeune fille, il quitta lourdement son lit et gagna la salle de bains à petits pas.

Chapitre 14

Quand ça foirait pour Tramson, il s'en remettait à la rue. Il se ressourça, deux jours durant, sur le bitume pour oublier ses courbatures.

Les rues chaudes de Barbès l'aspiraient le matin. Chaque visage, chaque miroitement de lumière, la plus infime différence dans le timbre d'une voix le trouvaient disponible au contact, prêt à tenter l'aventure mille fois renouvelée.

Puis le soir engourdissait les gestes ; des gamins obscènes chuchotaient dans les impasses alors que dans les familles maghrébines les mères fermaient à clé les portes des placards. Vingt et une heures était l'heure préférée de Tramson. Celle où l'on s'abandonne aux terrasses des cafés, celle qui vous porte vers un poker, serrés à cinq dans une chambre de bonne ou, mieux encore, dans les bras d'une beauté aux yeux noirs.

Farida lui avait téléphoné dès son arrivée à Marseille pour donner de ses nouvelles. Tramson s'ennuyait de la jeune fille mais il mettait un point d'honneur à n'en rien laisser paraître. Les mecs, eux, préparaient le Ford Transit, essayaient des slips de bain léopard et s'exerçaient à confectionner des pizzas desséchées à l'aide d'un four, cassé dans une lointaine banlieue. Tramson n'avait plus qu'une obsession de nature à hanter ses jours : Ballestra. Un glissement progressif de conscience l'entraînait à reconsidérer l'affaire comme celle de Richard plutôt que celle de Fred.

Le temps lui filait entre les doigts. Dans une semaine, il descendrait la promenade des Anglais pour retrouver la grande bleue et Céline. C'en serait fait de la dette qu'il avait contractée envers Fred.

Jeudi soir, vingt et une heures. Il se décida à passer un coup de fil à Dany, au Valencia. On le fit patienter trois minutes puis la voix du Black vint en ligne :

— Dany.
— Tramson. Ça roule ?
— Dément. Dans deux ans, je me retire aux Bahamas...
— Parfait. Tu te souviens de Roger, le mac de Fred Ballestra ?
— J'ignorais son prénom mais je me rappelle la tête qu'il a.
— J'ai besoin de toi, Dany...
— J'aime pas le son de ta voix, mec !
— Tu as raison : nous devons retourner aux combats de chiens.
— T'es maso, Tramson, c'est pas possible !

— J'ai des questions à poser à Roger et tu peux le reconnaître. Personne n'est capable de m'indiquer son adresse ; à vrai dire ce type est un véritable fantôme. La seule possibilité, c'est qu'il soit un habitué de l'Ornano et que tu le reconnaisses.

— J'ai pas envie de dégueuler mes tripes...

— Allons, Dany, un grand garçon comme toi ! Dois-je te rappeler que je n'ai pas parlé quand les flics m'ont bousculé pour connaître les noms des casseurs du...

— Bon, ça suffit.

— Demain soir, vingt et une heures, devant l'ancien cinéma.

— Okay, je m'arrangerai avec Ruperez.

— Une brique de plus ou de moins, ça n'est pas si grave.

— Charogne !

Ils y revinrent, le dégoût au bord des lèvres.

Tramson pariait sur le fait que les combats de chiens ne représentaient pas, a priori, le loisir idéal d'un gamin de dix-sept ans. Il fallait que Roger ou un tiers ait entraîné Fred à l'Ornano.

L'un des Arabes de l'entrée reconnut Dany, ce qui simplifia les manœuvres d'approche. Ils réglèrent le prix des places et s'avancèrent vers le pit. Grosse affluence pour un combat au sommet : Bronco Billy contre Bismarck. Carrément le choc de deux civilisations.

Cent personnes au bas mot se pressaient contre le rectangle de bois. En relevant la tête pour sonder les murs de la salle laissés dans l'ombre, Tramson remarqua de vieilles affiches de films abandonnées par les anciens propriétaires du lieu. *Manaya l'homme à la hache, La fiancée de Frankenstein* et *La main rouge de Shaolin* s'effaçaient devant la barbarie. Alors que Tramson méditait sur la violence, Dany effectuait la tournée des gradins hâtivement dressés, dévisageant sans complexe les Européens noyés dans l'assistance. Une dizaine de poivrots, mais des poivrots cossus, menaient grand tapage sur les marches les plus élevées. Deux chiens groggy récupéraient dans un coin pendant qu'un vétérinaire sans licence enfonçait l'aiguille d'une seringue dans l'échine d'un troisième pitbull à l'oreille arrachée.

L'arbitre se dressa au-dessus du pit pour annoncer le clou de la soirée. Cet homme-là affichait une certaine lassitude de gestes rappelant les dernières prestations scéniques de Roger Lanzac. Puis les deux molosses affamés pénétrèrent dans l'enceinte. Au signal de l'arbitre, ils se jetèrent mufle contre mufle, leurs muscles épais claquèrent sous le choc alors que des feulements rageurs désertaient ce magma trépidant.

Tramson se rapprocha de Dany, occupé à dévisager intensément un quadragénaire à moitié chauve installé au troisième rang. L'homme, habillé avec simplicité, posait sur l'effervescence un regard morne, comme absent. Le Black se tourna vers Tramson :

— C'est lui. Le type avec la chemisette bleue.

— Tu en es sûr ?

— Absolument. Il portait la même chemise le soir où j'ai rencontré Fred.

— Placé comme il est, j'aurai du mal à le faire sortir avant la fin.

— Ça, Tramson, c'est ton problème. Je m'arrache.
— Merci Dany... je n'oublierai pas.

Le jeune homme se contenta d'une grimace et gagna la sortie pour échapper aux hurlements du public et aux grognements sourds des deux chiens.

Placé en retrait des gradins, Tramson dévisageait l'homme qui détenait peut-être la clé de l'imbroglio. Rien dans son attitude ou ses vêtements n'indiquait le maquereau et encore moins l'homosexuel. Troublé, Tramson reporta son attention sur le combat. Le sang giclait maintenant sur les échines des deux bêtes alors que des plaintes mal réprimées jaillissaient de leurs gorges puissantes.

L'éducateur tourna le dos à cette folie. Il pouvait très bien cueillir Roger à la sortie et ainsi s'épargner ce spectacle éprouvant. Il poussa la porte à battants et s'accroupit sur les marches du cinéma, une gitane à la bouche, soudainement épuisé par l'activité de ces derniers jours.

Rares étaient les éducateurs qui pouvaient tenir au-delà de trois années d'affilée à Barbès. Un beau jour, il lui faudrait se libérer de la pression, chercher un poste en banlieue ou carrément opter pour un nouveau job.

Tramson, lui aussi, avait besoin de vacances.

La porte s'ouvrit silencieusement dans son dos et un homme seul descendit les marches de pierre. Roger.

Tramson se leva et lui tendit son paquet de cigarettes. Avec un sourire timide, Roger accepta l'invite et alluma une tige avec son propre briquet.

— Vous n'attendez pas la fin ? s'enquit l'éducateur.

L'autre hésita, cherchant ses mots.

— À vrai dire... ça me répugne plutôt. J'y reviens pour essayer de comprendre ce qui m'attire dans ce carnage.

— Si ça vous pose un problème, vous pourriez vous contenter d'aller dans un vrai cinéma.

— Je sais... mais ça me fascine malgré tout. Et vous ?

— Je suis venu ici uniquement dans l'espoir de vous rencontrer... Roger.

L'homme releva la tête, étudiant Tramson à la lueur malingre dispensée par le réverbère le plus proche.

— Je vous connais ?

— Oui et non. C'est moi qui ai porté Fred à la pharmacie juste avant sa mort.

— Bon Dieu !

— On marche ?

Roger acquiesça et ils orientèrent naturellement leurs pas en direction de Barbès.

Chapitre 15

— Moi, un maquereau ? Vous plaisantez ! Frédéric gardait son fric pour lui et s'il s'est livré à la prostitution, c'est par la faute de son frère. D'ailleurs, quand il est arrivé à Barbès, je l'ai eu complètement à ma charge. Il était sans le sou et crevait de faim. C'est pour acheter son matériel qu'il s'est mis au tapin, ça coûte un prix fou, ces instruments-là !
— Quels instruments ? demanda Tramson.
— Son synthé, ses platines et le magnétophone.

Ils étaient installés dans le petit appartement de Roger, au dernier étage d'un immeuble souffreteux de la rue Custine. Roger Massenot — c'était son nom — versait à Tramson une fine Napoléon dans un verre au pied fragile. L'endroit était agréable car les rares objets de valeur avaient été choisis avec soin. Dans un angle de la pièce de séjour, un orgue Farfisa supportait une photo encadrée de Frédéric Ballestra. Par la porte de la chambre restée entrouverte, Tramson aperçut le reste du matériel évoqué par Roger. Deux mondes avaient cohabité dans le modeste logement. Celui d'un adolescent converti à l'électronique et l'autre, plus subtil, d'un homo quadragénaire aux goûts sûrs mais aux moyens limités.

— Vous travaillez, Roger ?

— Je suis serveur dans un restaurant à Montmartre.

— Ça paie bien ?

— Non, mais je ne me plains pas.

Tramson approuva, l'homme lui plaisait.

— Il nous faut parler de Fred, Roger. J'essaie de comprendre quelque chose à sa mort et je n'y parviens pas.

Massenot baissa la tête et, le temps d'une fraction de seconde, Tramson le vit écraser furtivement une larme sur son visage pâle.

— Posez-moi des questions, j'essaierai d'y répondre, proposa le serveur, la voix enrouée.

Tramson se cala dans son fauteuil de velours vert, ferma les yeux et, patiemment, s'enquit :

— Lors de votre première rencontre avec Fred, quelle raison donnait-il à sa fugue ?

— Ça commençait à chauffer avec Richard, voilà pourquoi il est parti.

— Et ça « chauffait » pour quel motif ?

Roger soupira et, se levant, partit pêcher une cigarette dans une boîte de cèdre laqué.

— Il faut d'abord que je vous explique qui était Frédéric car manifestement vous l'ignorez. Eh bien, Fred a commencé à jouer du piano à quatre ans, à dix ans il était déjà très fort et à treize ans il composait. Très grande sensibilité d'oreille et beaucoup d'inspiration. Je pense, de plus, qu'il aurait fait un bon interprète classique. Voilà pour Fred. Il y a quatre ans de cela, Richard commençait à se faire un petit nom comme musicien. Soutenu par sa mère, il a suggéré à Frédéric d'écrire des musiques pour lui. Le gosse a fait ce qu'on lui demandait et a donc créé les tubes techno que vous connaissez peut-être : *Sierra, Go home, Scenic Railways*. Des centaines de milliers d'exemplaires vendus.

— Vous rigolez ? À treize ans !

— À quatorze, quinze et seize ans. Frédéric a composé pour Richard pendant trois ans.

— Vous pouvez me le prouver ?

— Bien sûr. Attendez-moi.

Là-dessus, Massenot se propulsa dans la chambre, compulsa fébrilement l'intérieur d'une armoire normande et revint, les bras chargés de partitions manuscrites.

— Tenez, regardez les titres, les essais, les brouillons... Fred a tout emporté avec lui quand il a quitté sa famille.

Tramson posa sur toutes ces partitions un regard incrédule. Comment aurait-il pu deviner que le jeune prostitué homo du boulevard Rochechouart dissimulait un tel secret ? Il posa les yeux sur Massenot qui déchiffrait en fredonnant une partition crayonnée hâtivement.

— Mais j'y pense, Roger, le nom de Fred doit figurer sur les disques...

— On arrive au cœur du problème. Son nom n'est inscrit nulle part.

— Pourquoi ?

— Le gosse était jeune. Richard lui a fait admettre qu'il devait rester dans l'ombre afin de ne pas gêner sa propre ascension. Un Ballestra par pochette de disque était amplement suffisant, selon Richard. Il lui a donc choisi un pseudo : André Martin. Consultez les pochettes des albums de Ballestra, vous noterez que le nom de Martin revient souvent.

— Je vous crois, continuez.

— À seize ans, après avoir écrit une dizaine de hits, Frédéric a commencé à réclamer des comptes à son frère. Il voulait du fric et il avait raison de le vouloir. Seulement, voilà : no money.

— Comment ça ?

— Richard avait signé les musiques à la SACEM en précisant que son pseudo était André Martin. Il avait donc touché les droits d'auteur pour les engloutir en voitures, en putains, en maisons de campagne, etc.

— C'est dingue !

— Frédéric a enfin compris que son frère, encouragé par sa mère qui devait s'y retrouver dans l'histoire, l'exploitait sans vergogne depuis trois ans. Il a donc fait sa valise pour ne plus jamais revenir chez lui. Une fois installé à Barbès, il a envisagé un procès pour récupérer ce qu'on lui devait, mais il faudrait une fortune pour tenir tête aux avocats de Richard ! En désespoir de cause, il pianotait ici et là pour se faire un peu d'argent. Je l'ai connu dans une boîte de nuit qui l'avait engagé...

— Vous l'aimiez ?

— Comme un fils... et comme un amant.

Tramson se leva, abruti par ces révélations. L'image de Richard Ballestra en prenait un sérieux coup. Tout ce qu'il apprenait cadrait mal avec le contrat sur la tête de Fred. Il aurait paru plus logique que le racket du show-biz élimine la mère, facile à localiser, plutôt qu'un frère fugueur et mal aimé, donc mauvais objet de chantage.

Il lui fallait reconsidérer toute l'histoire sous ce nouvel angle. Tramson se tourna vers Massenot qui contemplait un portrait polaroïd de Fred posé sur une étagère.

— C'est tout, Roger ?
— Oui... oui, c'est tout.
— La police vous a contacté ?
— Mon adresse figurait dans le portefeuille de Frédéric. Au moment du crime, je terminais mon service au restaurant. J'ai pu produire plusieurs témoins et, du coup, les flics n'ont pas insisté.

Il n'y avait plus qu'à prendre congé. C'est ce que fit Tramson dont la compassion avait toujours du mal à s'exprimer.

Malgré l'heure tardive, il gagna la Place pour ne pas rentrer directement chez lui. Devant le Navy Bar, les *gaufriers* le happèrent dans leur cercle pour le conduire à son camion transformé en cuisine escamotable.

— Qu'est-ce que t'en dis, pédé ?
— Au poil. Vous prenez des cours du soir de bricolage ?
— L'instinct, mec. On possède un putain d'instinct pour le travail manuel.
— J'ai des doutes, maugréa l'éducateur.

Tramson éprouvait d'énormes difficultés à s'enthousiasmer pour le raid niçois. Les révélations de Roger Massenot faisaient paraître futiles tous ces préparatifs de vacances. Pourtant, la vie devait continuer.

Cafardeux, il abandonna ses amis et revint, perdu dans ses pensées, vers son immeuble. Devant la porte du bâtiment, Dany se prélassait sur le petit escalier.

— Je t'attendais, Tram.

L'éducateur se laissa tomber sur la première marche aux côtés du lanceur.

— Tu n'as rien raté à Ornano, c'était aussi pénible que la première fois.

— Tu as pu parler à Roger ?

— Oui, répondit sèchement Tramson, peu enclin à entamer une discussion sur le sujet.

— Tu ne me demandes pas pourquoi je t'attendais ?

— Si, je demande.

— J'ai discuté au Valencia avec Romero, un joueur de poker. Moins doué que moi avec les dés mais un bon menteur quand même...

— Prétentieux !

— Je connais mon niveau, mec. On a parlé de Selnik... puis de Ballestra. J'avais vu juste, Tramson : Ballestra est bien le dealer attiré du spectacle.

— Comment Romero a-t-il appris ça ? insista Tramson, tendu au dernier degré.

— Sa sœur se fixe à l'héro, elle chante dans le groupe Modern Cars.

— Bon Dieu !

Tramson percevait maintenant la connexion mais il manquait une pièce au puzzle, le levier qui pouvait tout expliquer. Il possédait les cartes mais le joker lui faisait défaut pour étaler sa suite.

— Il manque le joker, murmura-t-il.
— Hein ?
— Rien, rien... je pensais à haute voix.
— Va te pieuter, tu as l'air crevé.
— À demain, Dany.
— Peut-être. Ciao, Tram.

Puis le jeune Noir s'éclipsa souplement, faisant craquer ses escarpins trop neufs. Tramson, la tête en feu, gagna son appartement et s'allongea tout habillé sur son lit, qu'il régala bientôt d'un sommeil épais.

Chapitre 16

Une pluie chaude et orageuse balayait les trottoirs. La dernière réunion avant les vacances du club de prévention avait pris fin à vingt et une heures. Courbet avait bien fait les choses : buffet campagnard gratuit.

Il pleuvait et Tramson, passablement éméché, se laissait transpercer par les couteaux de cet orage comme pour se laver d'une année de bivouac dans une décharge. Il n'était plus qu'à deux jours du départ. Samir et Nasser avaient obtenu deux semaines de vacances, non payées, bien entendu. Lomshi et La Ciotat soignaient leur look, quant à Lambert, il lui restait à opérer une sélection déchirante parmi les candidats au séjour sur la Côte d'Azur.

Cette pluie lavait bien des choses. Tramson rentra dans le Navy Bar, cherchant des yeux un visage ami. Samir le rejoignit aussitôt.

— Tram, y a une vieille noix qui a demandé après toi.
— Quel âge ?
— La quarantaine, à moitié chauve. Il a l'air normal mais à mon avis c'est une tante.

Roger Massenot. Tramson fit volte-face et fusa dans l'élément liquide. Il parvint ainsi à Château-Rouge, traversa le carrefour dans un concert d'avertisseurs et entreprit de remonter la rue Custine. Pour que Massenot vienne le trouver sur la Place, il fallait que ce soit important. Lui avait-il caché quelque chose ? Tramson en doutait car le serveur n'avait plus rien à protéger.

La librairie. L'immeuble de Roger lui était contigu. Tramson avala quatre à quatre les cinq étages. Sonnette. Massenot tira la porte à lui en dévisageant l'éducateur avec stupeur :

— Vous êtes trempé !

— J'ai horreur des parapluies. On m'a dit que vous me cherchiez ?

— Exact, entrez.

Tramson se posa sur le petit fauteuil de velours vert, laissant l'initiative de la conversation à son hôte qui prit de suite la parole :

— Après votre départ, l'autre nuit, j'ai commencé à ranger les partitions de Frédéric. Puis de fil en aiguille j'ai fait le ménage dans son armoire. Voici ce que j'ai trouvé...

Massenot tendit à Tramson une cassette audio anonyme. Sur l'étiquette blanche réservée aux titres, l'adolescent avait inscrit à la main : *Pour Roger. À écouter s'il m'arrive quelque chose.*

Le serveur fourragea dans un meuble bas et mis la main sur un petit lecteur de cassettes qu'il fit passer à Tramson. Celui-ci, sans un mot, enclencha le message de Fred. Les dernières mesures d'un morceau interprété à l'orgue furent brusquement interrompues par la voix claire et sans faille du jeune musicien : « *Roger, si tu écoutes ce message, c'est qu'on m'aura fait mon affaire alors il faut que tu saches que j'ai menti quand j'ai dit que je laissais tomber les poursuites contre Richard. Je veux mon fric, Roger. Ils m'en ont fait suffisamment baver, lui et maman. Je suis passé voir Richard hier soir et je l'ai menacé, s'il ne me versait pas mes droits d'auteur, de raconter à mon copain de* Paris-Match *qu'il est le dealer des stars de la chanson. Venant de moi, le journal le croira. Richard a piqué sa crise, il était fou furieux. Il m'a demandé si je voulais mourir jeune, ce salaud. Nous savons tous les deux qu'il est dangereux, c'est pour ça que j'enregistre cette cassette. Au cas où. Adieu, Roger, je t'embrasse très fort.* »

Les deux hommes, les yeux agrandis de stupeur, se dévisagèrent en silence. Puis Tramson, la voix blanche, prit la parole :

— La pièce manquante, Roger. Vous comprenez ?

— Je... je n'arrive pas à y croire.

— En menaçant Richard de manger le morceau concernant le trafic de drogue, c'est en fait à Selnik que Fred s'attaquait. Richard n'a pas pu s'empêcher de mettre Selnik au courant de la menace et l'autre ordure a fait exécuter Frédéric.

— Mais, mais vous m'aviez dit que Richard avait alerté le juge pour qu'on retrouve son frère, ça ne colle pas avec votre explication...

— Eh si, je m'en rends compte maintenant. Je suis persuadé que l'histoire des concerts bousillés, c'est du bidon. Richard gagnait sur les deux tableaux avec ce soi-disant contrat sur Fred : d'une part, personne ne s'étonnerait qu'il arrive malheur à Fred et, d'autre part, il se donnait l'image du grand frère inquiet et protecteur. Selnik et Richard nous ont baladés, le juge et moi, depuis le début de l'affaire.

La voix de Tramson s'était faite amère. Roger, pétrifié, parvint à articuler :

— Tuer son propre frère, c'est... c'est monstrueux, Tramson. Il faut dénoncer Richard !

— C'est là qu'il nous feinte. Cette cassette ne constitue pas une preuve. Il faudrait remonter la filière par les exécutants, arriver à Selnik et faire chuter Ballestra par Selnik. Seulement, voilà : Franck et Bako sont morts. On ne peut rien prouver, mon vieux. C'est ignoble mais c'est comme ça !

— Vous n'essayez pas de me dire qu'il va s'en tirer ?

— J'ai bien peur que si...

L'éducateur fut soudain submergé par la violence qui gonflait en lui, la rage d'avoir été floué. Un pion dans le jeu et c'est marre. Oppressé, il prit rapidement congé du serveur dont le regard brûlant restait fixé sur le piano de Fred, esseulé dans un coin.

Il marcha longuement dans le néon sublime, accrochant son regard aux typographies flamboyantes plaquées sur les façades humides. La rue reprenait ses droits et Tramson, sa place sur le bitume. Mais la rage grouillait dans son cœur.

Il revint lentement vers son immeuble alors que les premières bennes à ordures surgissaient boulevard

Barbès dans un concert hydraulique. Il pénétra dans le studio et, une heure durant, resta attablé, l'œil vague, dans la cuisine. Puis, se décidant, il tira vers lui un bloc de papier et commença à rédiger sa lettre de démission.

Il posta la missive destinée à Courbet sur le coup de huit heures. Restait une heure à tuer, qu'il consacra à emmagasiner des images amoureuses piquées aux quatre coins de Barbès. Tramson se força même à répondre aux saluts cotonneux des commerçants, rue Doudeauville.

À neuf heures, l'éducateur tambourina à la porte du professeur Guirassy Karemba, marabout par l'esprit et armurier par nécessité.

— J'ai besoin d'une arme facile à manœuvrer et qui ne fasse pas de détail...

— Tram, je vends pas à quelqu'un comme toi. T'es pas un gangster.

— L'argent n'a pas d'odeur, épargne-moi tes scrupules.

— Tu vas faire une connerie. Réfléchis, mec.

— Donne-moi une arbalète en vitesse !

Soupirant lourdement, Karemba tendit un Llama « Super Comanche », calibre 44, à Tramson.

— Il est chargé ? demanda l'éducateur.

— Faut tout te faire, sale Blanc !

D'une main experte, le marabout glissa les munitions dans le barillet puis il annonça un prix astronomique pour décourager ce client matinal. Sans ciller, Tramson allongea la somme demandée et, remisant l'arme dans sa veste de treillis, tourna les talons.

Devant la maison délabrée du fourgue, une odeur de charogne s'échappait des poubelles fraîchement vidées. Tramson huma cette pourriture et se permit un rictus désabusé.

Puis, il orienta ses pas vers le loft nickel de Richard Ballestra.

Épilogue

Ils arrivaient par grappes, les yeux bouffis de sommeil, encadrés par les jeunes du Mouvement pour la Dignité. Abdullah se calait les fesses dans un fauteuil de velours passé, rejetait en arrière son feutre cabossé et, d'un doigt négligent, déclenchait deux néons tristes sous lesquels chaque prévenu prenait la pose.

Celui-ci portait une djellaba orange sur des mocassins blancs de carton bouilli.

— Encore toi, Assad !

— Ouais, c'est moi, mais cette fois je vois vraiment pas pourquoi vous m'avez ramassé, parole !

Une voix fluette, dans la pénombre, susurrait :

— Il a essayé de balancer Zohra sous un camion à ordures...

Abdullah secouait la tête, peiné.

— C'est ton épouse, Assad, et c'est toi qui l'as choisie.

— Cette salope m'a tout pris, je suis pire qu'une chèvre.

— La prochaine fois, tu raconteras tes misères aux flics, Assad. Ça sera bien pire, tu ne crois pas ?

— Elle me débine chez tous les commerçants, l'appartement est une poubelle et elle baise avec le coiffeur ! explosa le prévenu.

— Incurable, soupira Abdullah. Au suivant.

Un jeune Noir rétif s'avança. Ses yeux rouges flamboyaient et sa coupe de cheveux rappelait vaguement un plan de ville gallo-romaine.

— J'ai rien fait, merde alors !

— Ne jure pas, le coupa Abdullah. Je lis sur mes notes que tu as empoché le fric sans remettre la marchandise. Qu'est-ce que c'était, Salif ? Une poudre blanche qui détruit le cerveau, une merde synthétique ? Allez, crache, fiston !

— J'ai volé personne, je travaille, moi !

— Fais voir ton bulletin de paye.

Le jeune homme esquissa un geste obscène en direction du sage :

— Je t'encule.

— C'est ça, mais prends la file, tu n'es pas tout seul.

Salif se dirigea vers la sortie au moment où Abdullah se penchait vers l'un des compagnons du Mouvement pour la Dignité.

— Oblige-le à rembourser.

Un homme chétif à la moustache jaunasse s'avançait. On n'aurait su préciser son origine ethnique mais ses pauvres vêtements ne laissaient aucun doute sur l'état de ses finances. La voix d'Abdullah se fit plus douce.

— Qui es-tu ?

— Skoblar. J'ai eu des mots avec Hammadi.

— Le cafetier ?

— C'est ça, oui.

— Allons Skoblar, ceux qui viennent ici font plus qu'avoir des mots. Je lis que tu es très croyant.

— Sûr.

— Je m'étonne alors qu'un croyant comme toi se bagarre dans un café.

— Ben, puisque Dieu est partout, j'aime autant le rencontrer au bistrot plutôt qu'à l'église.

Abdullah dissimula un sourire derrière ses mains qu'il tenait croisées devant sa bouche. Mais une voix anonyme et coléreuse s'éleva du fond de la salle :

— Il m'a bousillé trois chaises et la vitrine !

— Tu voulais me faire payer deux fois la même consommation ! s'insurgea Skoblar.

Abdullah leva la main pour calmer les esprits.

— Bon, je pense qu'une semaine de plonge chez Hammadi compensera les dégâts.

L'homme rentra la tête dans les épaules, résigné.

— Skoblar !

Le prévenu se dévissa le cou.

— Pas de numéro, vieux. Okay ?

— D'accord, soupira l'autre.

Un homme d'une trentaine d'années — costume saumon, chemise noire — fut projeté dans le rectangle de lumière. Une fine moustache brune lui barrait la lèvre supérieure, et, n'auraient été ses sourcils charbonneux, il aurait pu passer pour un Européen.

— Ton nom ?

L'homme ricana sans répondre à la question. Le regard d'Abdullah se fit alors plus dur.

— En ce qui concerne ton job, tu n'as pas besoin de préciser, tout le monde a compris.

Quelques rires fusèrent dans l'assemblée. Le maquereau passa en revue les visages noyés dans le sombre comme pour graver leurs traits dans sa mémoire.

— On me dit que tu as frappé une femme, Yasmina Moubarak, et qu'on a dû l'hopitaliser pour une fracture du bras. C'est bien toi qui l'as frappée ?

— Et comment ! Cette morue passe son temps à claquer mon fric en loukoums et à se les rouler sur la terrasse !

— Ton fric ?

— Exact.

Abdullah leva les yeux au ciel, écœuré :

— Bref, on ne va pas refaire le monde ce matin. Pour ce qui concerne cette femme, tu vas payer son hospitalisation et t'en tenir à distance pendant quelque temps.

— Quoi ? hurla le petit mac qui répondait au sobriquet de « Loco » Juarez.

— Tu m'as entendu et, en cas de récidive, tu dégages du quartier. Au suivant.

Mais l'homme ne libéra pas la place. Il s'avança vers le sage, ivre de rage contenue.

— J'autorise deux ou trois Blancs à me parler sur ce ton mais j'ai jamais permis qu'un bougnoule le fasse...

Là-dessus, il plongea vers Abdullah mais deux énormes battoirs de chair noire le soulevèrent de terre par les oreilles. Le mac hurla, en gesticulant de façon comique.

— Jette-moi ça dehors, Baptiste, commanda le sage.

Le videur africain s'exécuta, juchant sa victime sur son épaule tel un vulgaire paquet de linge sale.

Les jeunes du Mouvement se rapprochèrent du fauteuil, se consultant mutuellement.

— C'est tout pour aujourd'hui, les gars ? se renseigna le religieux.

— Oui, Abdul, semaine cool, ça plane.

Mais un homme de petite taille fendit le groupe et se présenta devant le fauteuil.

— C'est bien vous Abdullah le sage ?

— Oui, mon ami. Qu'est-ce qui t'amène ?

L'homme, d'aspect chétif, parlait d'une voix cassée. Il était serré dans un costume bleu pétrole qui brillait aux coudes et pressait dans sa main un mouchoir chiffonné.

— Alors, ça vient ?

— C'est... c'est ma femme, Esther...

— Quel est ton nom ?

— Georges Goldstein.

— Qu'est-il arrivé à ta femme, Georges ?

Le petit homme s'épongea le front, roula des yeux en tous sens puis confia, à mi-voix, et d'une seule traite :

— Je l'ai trouvée ce matin. Morte. On l'a tuée, on va dire que c'est moi mais c'est pas moi. Je l'aimais, vous comprenez...

Ces derniers mots furent prononcés dans un silence d'une rare qualité alors que le poids du drame leur tombait dessus sans prévenir. Les yeux d'Abdullah papillotèrent.

— Tuée comment, Georges ?

— Avec une de mes alènes. Je suis cordonnier, expliqua-t-il.

Puis il se ratatina sur une chaise que lui tendait Baptiste.

Ibrahim, le leader du Mouvement pour la Dignité, se pencha sur l'oreille du sage en chuchotant :

— Sa femme le trompait avec des hommes de passage. Tout le quartier est au courant. Ça ne sent pas bon, Abdul.

Le religieux prit sa tête entre ses mains, les deux hommes se faisant ainsi face, chacun plongé dans son dilemme. Puis Abdullah écarta ses doigts bagués d'émeraudes :

— Les flics ?

Georges secoua la tête. Abdullah poursuivit :

— Tu dis peut-être la vérité, mais ça peut être un mensonge. Je dois me rendre compte par moi-même pour décider quoi faire. On aura du mal à éviter la police, de toute façon.

Regard sauvage de Goldstein.

— Vous ne me croyez pas, hein ? Je le sais qu'elle couchait, mais ça... c'est... on s'aimait quand même. Vous allez me donner aux flics. Les Arabes, vous êtes tous les mêmes, prêts à vendre n'importe qui pour du pouvoir et...

— Ça suffit, Goldstein, tu dérailles et tu vires débile ! le coupa Abdullah.

Il fit signe à Baptiste et lui recommanda de garder l'œil sur le cordonnier puis, frappant dans ses mains, fit évacuer la salle.

Tandis qu'il redressait son feutre, Ibrahim vint le rejoindre près du lavabo.

— Il vaut mieux y aller à plusieurs, tu ne crois pas ?
— Toi seulement.

Les deux hommes échangèrent un regard teinté d'appréhension et abandonnèrent derrière eux l'artisan juif prostré dans l'ombre épaisse dispensée par le culturiste noir.

La cordonnerie Goldstein jouxtait un café africain, rue Doudeauville. Par la porte grande ouverte du débit de boissons, la voix sobre de Femi Kuti investissait la rue, créant l'illusion d'une jungle nostalgique. Les deux hommes poussèrent la porte de l'atelier, déclenchant le carillon lourdaud d'une cloche à vache. Une odeur persistante de cuir planait dans la modeste pièce. Tout paraissait en ordre. Trois paires de chaussures posées sur l'établi révélaient leurs semelles ravagées.

— J'aime cette odeur, nota Abdullah.

Ibrahim haussa les épaules et fit jouer le panneau du fond qui desservait une minuscule entrée. À leur droite, une porte ouverte laissait entrevoir un ensemble Lévitan désuet dont les éléments mineurs — des chaises au skaï verdâtre — étaient renversés sur le parquet impeccablement ciré.

Esther Goldstein, tassée contre un sofa de velours rapé, contemplait, l'œil fixe, une bibliothèque peu garnie située près de la fenêtre sur cour.

Abdullah fit trois pas et ferma les yeux du cadavre. Puis il s'agenouilla et marmonna quelques paroles fortes, censées soutenir cette âme en cavale.

Ibrahim, plus terre-à-terre, furetait dans les coins, s'investissant dans une activité de Sherlock Holmes amateur. Il revint vers le sage et se pencha sur le corps. Un poinçon métallique émergeait de la poitrine généreuse d'Esther.

— Dégueulasse, souffla le militant.

— À trop jouer avec le feu... commença Abdullah. Puis, surpris par son excès de pudibonderie, il s'arrêta net.

— Tu as trouvé quelque chose ?

— Elle s'est défendue, c'est tout ce qu'on peut dire.

— Georges est minus et sa femme paraît plutôt costaud, non ? suggéra Abdullah qui éprouvait un faible pour le regard de cocker du cordonnier juif.

— Et le Nil est un fleuve très large, ricana Ibrahim.

Sans y prendre garde, le jeune militant bouscula le corps en se relevant. La femme roula sur le côté, révélant son bras gauche jusqu'alors caché.

— Regarde, chuchota le religieux.

Ils se penchèrent ensemble sur la main d'Esther. Les doigts recroquevillés agrippaient encore une petite touffe de cheveux. Blonds.

Les deux Arabes pivotèrent l'un vers l'autre : Goldstein était brun. Brun foncé, même.

Subitement soulagés, ils se redressèrent en époussetant leurs pantalons.

— Entendu, ce n'est pas lui, convint Ibrahim. On décide quoi ?

— Toi, tu restes ici, personne ne doit entrer. Ne touche plus à rien, surtout. Moi, je récupère Goldstein et je l'accompagne à la police. On demandera à voir Dutronc, c'est le moins con de la bande.

Ibrahim approuva et le religieux, pressé tout à coup, se propulsa sur la chaussée.

Abdullah descendait la rue de la Goutte-d'Or en direction du boulevard Barbès. *On the Sunny Side of the Street.* Soleil sale de septembre. Peu à peu, les cars de CRS reculaient sur le boulevard, les rondes s'espaçaient. Prévenir toutes les flambées de violence pouvant naître ici relevait de la gageure. Mais ce défi permanent excitait Abdullah et confortait singulièrement son autorité dans le quartier. On l'invitait, comme par le passé, à prendre la parole dans les temples de Barbès mais maintenant il se faisait payer. Cher.

Tout à sa félicité, il ne remarqua pas l'attroupement devant l'entrée du passage. Un camion de viande était immobilisé en travers de la chaussée. Le conducteur expliquait d'une voix contenue la nature de son problème à trois policiers flegmatiques. Abdullah buta contre le groupe de badauds, penchés silencieusement sur un corps ratatiné dans le caniveau. Il repoussa trois putains et s'approcha de l'homme étendu. Celui-ci se présentait de dos, un filet de sang coulait lentement de son oreille droite sur le col de son costume bleu pétrole aux coudes lustrés.

Le visage du religieux se décomposa. Il s'écarta du groupe et en quelques enjambées rejoignit la maison du passage des Poissonniers.

Les néons souffreteux brûlaient toujours dans l'espace humide. Esseulé sur une chaise branlante, Baptiste faisait face au fauteuil. Abdullah se laissa tomber sur le trône, soudainement épuisé par les événements.

— Je t'écoute.

Le Black redressa la tête, piteux comme pas deux.

— Il était tranquille puis, d'un coup, il s'est mis à parler pour dire qu'on allait le donner aux flics, que personne ne voudrait croire qu'il était innocent, que sans cette femme, il était un homme fini...

— Qu'as-tu fait ?

— Je me suis dit : ce con-là va nous faire une crise de nerfs. Je suis passé dans la cuisine pour prendre une corde et l'attacher à sa chaise mais il avait déjà filé. Je l'ai coursé dans le passage puis, en arrivant sur le trottoir, il s'est tourné vers moi et m'a fait un drôle de sourire. Je me dis : bon, il va revenir, il s'est calmé. Et tout d'un coup, il plonge dans la rue au moment où le camion arrive. Ça m'a scié.

— Tu n'y es pour rien, Baptiste. Un homme qui veut mourir trouve toujours le moyen de se tuer.

L'Africain se leva lentement et, mains sur les hanches, gagna la sortie en hochant la tête. Abdullah lui emboîta le pas.

Ils étaient le moignon pourri d'un bras gigantesque posé sur la ville. Ici, tout pouvait exploser pour un regard mal interprété. Les codes, les systèmes de valeurs différaient d'une rue à l'autre. Les gens eux-mêmes, tassés dans leurs taudis obscurs, prenaient comme une récréation plaisante le fait divers le plus sanglant pourvu qu'il ait lieu à l'air libre.

Oui, tous, comme Goldstein, pouvaient se réveiller avec un cadavre au petit-déjeuner, perdre les pédales et finir sous un camion de barbaque casher. Afin que le spectacle continue, que la rue s'embrase et qu'ils oublient leur misère.

Abdullah doutait. De lui et des lundis matin. Il abandonna le passage, empruntant la seconde sortie qui donnait rue Polonceau. Une voix jeune, dans son dos, le héla :

— S'il vous plaît, monsieur !

Le religieux se retourna, attentif, et reconnut Sophie en robe d'été jaune et vert qui s'avançait vers lui. Elle occupait ce jour-là le créneau « jeune fille saine sourire Gibbs » qui lui convenait mieux que la déglingue baba.

— Oui, qu'est-ce que tu veux ?

— Vous ne me connaissez pas mais je...

— Je connais tout le monde : tu étais la petite amie de Franck.

Elle en resta saisie deux à trois secondes. Franck était le type même de prénom qu'elle avait rayé, à force de patience, de son vocabulaire.

— Heu... oui, c'est vrai.

— Tu es retournée chez tes vieux ?

— Oui, j'ai même passé le bac.

— Reçue ?

— Vous rigolez !

— Qu'est-ce qui t'amène, fillette ?

— Voilà... je... un de vos amis, l'éducateur, est passé me voir à Poissy et je voudrais le revoir... comme ça, pour discuter.

— Le feu au cul, ouais !

— Hein ?

— Rien. Tu arrives trop tard, ma grande, Tramson est en prison.

Les yeux de Sophie lui sortirent de la tête. C'était ce genre de fille qui tirait les mauvais numéros avec une naïveté déconcertante.

— Que... quoi ?

— Il a tué un chanteur et il s'est livré à la police tout de suite après. Tu ne regardes pas la télé ?

— Je révisais pour le bac.

— Hum ! Pour ce qui concerne Tramson, il a des circonstances atténuantes et avec un bon avocat il peut limiter les dégâts à trois-quatre ans de taule.

— Bordel, c'est vachement long !

— Tu devrais passer le voir, ça lui remonterait le moral.

— Oui, peut-être...

Effondrée, elle tourna les talons sans demander son reste. Sa silhouette menue illumina brièvement le passage mais bien vite, la pénombre humide reprit ses droits.

Abdullah s'ébroua, troublé malgré lui par la résignation qu'il avait perçue dans la voix de la jeune fille. Alors qu'il s'apprêtait à rentrer chez lui, un bonneteur le héla par-dessus sa table en carton :

— Dix francs, Abdul !

— Okay.
Les mains du bonneteur voltigèrent.
— Là.
Trois fois d'affilée, le religieux devina la place du rouge gagnant.
— Bon, je ferme, maugréa l'artisan qui, d'un signe discret, congédia son baron.

Abdullah s'éloigna en souriant dans sa barbe. La vie était dégueulasse mais certaines minutes valaient la peine d'être vécues.

Préface de l'édition originale, Le Mascaret, 1987

Marc Villard est né le 29 juin 1947 à Versailles. À l'âge de dix ans il accompagne ses parents à Reims et se prend de passion pour le football. Puis retour en banlieue parisienne. Il joue de la batterie dans un orchestre de rock et, parallèlement, étudie la gravure en relief et la conception graphique pendant quatre ans à l'école Estienne. Pendant deux ans, il s'adonne à la peinture figurative. Sans succès. Déçu par ce « monde cruel », il écrit ses premiers poèmes en 1967 et part effectuer son service militaire en Allemagne. En 1971, il publie son premier recueil : L'Amer.

En 1980, il débute dans le genre noir avec le film Neige *de Juliet Berto dont il signe le scénario et les dialogues. La même année, il publie — en collaboration avec Yves Degliame — son premier roman :* Légitime démence. *L'ouvrage met en scène un publicitaire chargé de refaire une virginité à un homme politique qui se présente aux présidentielles. Mais au cours d'une dispute avec son épouse, le publicitaire la tue et s'enfuit pour rejoindre des terroristes ouest-allemands. Après ce premier ouvrage qui ne se distinguait guère des thèmes traités à cette époque dans le roman noir français, Villard va manifester son originalité avec* Corvette de nuit. *« Une histoire de Ricky banlieue revue et corrigée par Serge Clerc qui aurait un peu forcé sur l'alcool et la déprime » (François Truchaud,* Métal Hurlant*) ; « la chaleur d'une amitié, l'amputation de l'absence, la quête d'un peu d'amour », écrit Michel Lebrun dans son* Almanach du crime *en comparant l'ouvrage à la « Chanson pour l'Auvergnat » de Brassens.*

Dans ce roman, Robert Languedonne, batteur d'un petit groupe et peintre, part à la recherche de son ami Dany, ancien chanteur, qui, soupçonné de meurtre, a disparu. Cette quête, cette errance, sont ainsi marquées du sceau de la nostalgie, celle des premiers concerts rock des années 60 et de l'adolescence qu'on avait en ce temps-là. En 1982, Phil Siren, le héros de La vie d'artiste, *est encore un musicien. Condamné à un mois de prison parce que surpris en possession d'héroïne, le jazzman, à sa sortie, retrouvera son amie morte d'une overdose. Paniqué, il cache le corps et s'enfuit vers le Nord se réfugier dans les corons. Mais le destin n'abandonne jamais ses proies...*

Après cette « ballade désenchantée qui retrouve les accents déchirants des blues goodisiens » (J. Baudou, Magazine littéraire*), Villard publie en 1984 son quatrième roman,* Ballon mort, *chez Gallimard. Avec son entrée à la Série Noire, il saura utiliser les codes chers au roman noir américain pour une fois encore nous plonger dans la nostalgie du passé. Stéphane Miller enquêteur d'assurances doit rechercher pour sa compagnie François Bertolini, footballeur du F.C Tours qui a disparu depuis dix jours. Les deux hommes sont amis d'enfance, du temps où ils jouaient en « cadets ». Lorsque Stéphane découvrira son ami mort dans une grotte de la forêt, il ne sera pas loin de détenir la vérité dont la clé lui sera livrée par l'enfant autiste de la victime.*

Cinquième roman, toujours à la Série Noire, Le sentier de la guerre. *Dan Mallory, jeune pigiste dans un journal du dimanche, fasciné par une amnésique, Maria, arrêtée pour hold-up, veut reconstituer l'existence de celle-ci et va remonter dans sa vie. Il croisera sur sa route les rescapés de la génération des années 70, celle de la guerre du Vietnam, des babas cool et autres communautés campagnardes.*

Dans Corvette de nuit, Ballon mort *et* Le sentier de la guerre, *Marc Villard utilise la même trame : une personne disparue — dans le dernier cas, Maria est amnésique. Mais même présente on ne sait rien d'elle — qui petit à petit va se reconstituer sous nos yeux par l'entremise de l'ami parti à sa recherche et à la quête de souvenirs qui vont se révéler sur sa route. C'est un procédé habile, qui ne lasse pas et permet à l'auteur cette plongée dans divers passés qui l'ont marqué, le tout entrecoupé de références cinématographiques, musicales ou sociales.*

Il l'utilise encore dans son roman suivant, Le Roi, sa femme et le petit prince, *où Alex, à la recherche de son musicien de père, entreprend une cavale aussi picaresque que tragique dans laquelle jazz et rock reviennent en force. Par la suite, Marc Villard crée un personnage récurrent, l'inspecteur Pradal, un policier mis à l'écart pour avoir dénoncé des collègues ripoux. Dans* La Dame est une traînée, *il enquête sur la mort d'un jazzman noir américain, écrasé par une rame de métro. Pradal connaît une fin tragique dans* La Porte de derrière, *roman où l'on retrouve aussi Tramson, un éducateur de rues créé dans* Rebelles de la nuit. *Dans ces deux excellents récits, l'auteur « nous en dit plus sur la vie entre Clichy et Barbès que n'importe quel reportage magazine ou TV, que n'importe quel article à prétention sociologique », écrit Jean-Pierre Deloux dans la revue* Polar.

L'œuvre de Marc Villard est faite de romans généralement courts et de nouvelles. « Ce qui m'intéresse dans le texte court, indique-t-il, c'est cette possibilité d'évacuer la sacro-sainte intrigue pour ne retenir que l'écume de la vie, les copeaux existentiels, les moments majeurs où s'opère le change » et il ajoute, à propos de ses personnages, « certains diront pour simplifier qu'il s'agit de perdants. J'y vois plus que cela : le miroir d'une génération, une concentration de faits divers regardés par le petit bout de la lorgnette, les vaincus rechignant à endosser les oripeaux de l'échec. »

Outre ses multiples textes noirs, Marc Villard a aussi publié trois recueils fort amusants où il se met en scène avec sa famille : J'aurais voulu être un type bien, Un jour je serai latin lover *et* Bonjour, je suis ton nouvel ami.

Alors, méfiez-vous car ce poète de la crise est un tendre, un grand romantique, et une fois que vous aurez goûté à son style, vous aurez du mal à vous en passer.

CLAUDE MESPLÈDE

DU MÊME AUTEUR

Aux Éditions Gallimard

Dans la collection Série Noire

BALLON MORT, n° 1964
LE SENTIER DE LA GUERRE, n° 2020
LE ROI, SA FEMME ET LE PETIT PRINCE, n° 2093
LA DAME EST UNE TRAÎNÉE, n° 2171
LA PORTE DE DERRIÈRE, n° 2316 (Folio Policier n° 69)
CORVETTE DE NUIT, n° 2340
GANGSTA RAP, n° 2580

Chez d'autres éditeurs

Romans

REBELLES DE LA NUIT, Le Mascaret
LÉGITIME DÉMENCE, avec Degliame, Sanguine
LA VIE D'ARTISTE, Rivages/Noir n° 150
CŒUR SOMBRE, Rivages/Noir n° 283

Nouvelles

UNE CHAMBRE SUR HOLLYWOOD BOULEVARD, Safrat
ROSARIO VACHETTE'S BLUES, avec Thierry Gatinet, Éditions de la Loupiote
ROUGE EST MA COULEUR, Rivages/Noir n° 239
LA VOIX SANS VISAGE, Hachette littératures/Policiers n° 2
DÉMONS ORDINAIRES, Rivages/Noir n° 130
DANS LES RAYONS DE LA MORT, Rivages/Noir n° 178
DU BÉTON DANS LA TÊTE, Rivages/Noir n° 284
UN JOUR JE SERAI LATIN LOVER, L'Atalante (Folio n° 3568)
J'AURAIS VOULU ÊTRE UN TYPE BIEN, L'Atalante (Folio n° 3569)

RETOUR AU MAGENTA, Le Serpent à plumes/Serpent noir n° 4
LES ROSBIFS DE MONTORGUEIL, Baleine/Tourisme et polar
MADE IN TAIWAN, Rivages/Noir n° 333
BONJOUR, JE SUIS TON NOUVEL AMI, L'Atalante

Jeunesse

ROCK MACHINE, Syros Jeunesse/Souris noire n° 34
LES DOIGTS ROUGES, Syros Jeunesse/Souris Noire
LA CAVALE DES PETITS POUCETS, Syros Jeunesse/Souris noire n° 52

Images

CHRONIQUES FERROVIAIRES, avec Miles Hyman, Futuropolis
CAUCHEMARS CLIMATISÉS, avec Romain Slocombe, Futuropolis
PIGALLE, avec Miles Hyman, Éden

Poésie

MOUVEMENT DE FOULE AUTOUR DU BLOC 9, le Castor Astral/ Matins du monde
CARNAGE PÂLE, le Castor Astral/Matins du monde
BLACK RAIN, Ça presse

SÉRIE NOIRE

Dernières parutions :

2365.	— GANGRAINE	*Elizabeth Stromme*
2366.	— HAMMETT	*Joe Gores*
2367.	— PARCOURS FLÉCHÉ	*Jean-Pierre Bastid*
2368.	— CIRQUE À PICCADILLY	*Don Winslow*
2369.	— L'OMBRE ROUGE	*Cesare Battisti*
2370.	— TOTAL KHÉOPS	*Jean-Claude Izzo*
2371.	— LA FACE CACHÉE DE LA LUNE	*Georgui Vaïner et Leonid Slovine*
2372.	— HISTOIRE DE LA FEMME QUI AVAIT ÉPOUSÉ UN OURS BRUN	*John Straley*
2373.	— PÉRICLÈS LE NOIR	*Peppe Ferrandino*
2374.	— LES FILS PERDUS DE SYLVIE DERIJKE	*Pascale Fonteneau*
2375.	— INNOCENT X	*Laurent Fétis*
2376.	— JE M'APPELLE REVIENS	*Alexandre Dumal*
2377.	— RN 86	*Jean-Bernard Pouy*
2378.	— LE MIROIR AUX ALLUMÉS	*Jacques Humbert*
2379.	— LES RACINES DU MAL	*Maurice G. Dantec*
2380.	— LE COCHON QUI FUME	*James McClure*
2381.	— LA PELOUZE	*M. A. Pellerin*
2382.	— UNE PETITE DOUCEUR MEURTRIÈRE	*Nadine Monfils*
2383.	— LE PAYS DE DIEU	*Ray Ring*
2384.	— J'AI CONNU FERNANDO MOSQUITO	*Rique Queijão*
2385.	— M'SIEUR	*Alain Gagnol*
2386.	— PIQUÉ SUR LA ROUGE	*Gregorio Manzur*
2387.	— COMME VOUS ET MOI	*Seymour Shubin*
2388.	— MARILYN LA DINGUE	*Jerome Charyn*
2389.	— ZYEUX-BLEUS	*Jerome Charyn*
2390.	— KERMESSE À MANHATTAN	*Jerome Charyn*
2391.	— 1275 ÂMES	*Jim Thompson*
2392.	— N'Y METTEZ PAS LE DOIGT	*Christopher Wilkins*
2393.	— LES TROTTOIRS DE BELGRANO	*Pierre-Alain Mesplède*
2394.	— COMMENT JE ME SUIS NOYÉ	*Serge Quadruppani*
2395.	— SURF CITY	*Kem Nunn*
2396.	— LE CHANTEUR DE GOSPEL	*Harry Crews*
2397.	— MÉMOIRE EN CAGE	*Thierry Jonquet*
2398.	— MA CHÈRE BÉA	*Jean-Paul Nozière*
2399.	— DAME QUI PIQUE	*Craig Smith*
2400.	— FREE	*Todd Komarnicki*
2401.	— NADINE MOUQUE	*Hervé Prudon*
2402.	— LE SANG DU DRAGON	*Christian Gernigon*

2403. — LE VOLEUR QUI AIMAIT MONDRIAN .... *Lawrence Block*
2404. — DU SABLE DANS LES GODASSES .... *Juan Sasturain*
2405. — CITÉS DE LA PEUR .... *Collectif*
2406. — BÉNÉDICTION .... *Robert Sims Reid*
2407. — LA FENÊTRE OBSCURE .... *James Durham*
2408. — GROOTKA .... *Jon A. Jackson*
2409. — LE TRUC .... *Mat Messager*
2410. — LES MORTES .... *Jorge Ibargüengoitia*
2411. — LA REVANCHE DE LA COLLINE .... *Hervé Prudon*
2412. — LA NUIT DE ST.-PAULI .... *Frank Göhre*
2413. — AGENCE BLACK BAFOUSSA .... *Achille F. Ngoye*
2414. — KARMANN BLUES .... *José-Louis Bocquet*
2415. — LOUBARD ET PÉCUCHET .... *Michel Lebrun*
2416. — LE MIROIR DE BOUDDHA .... *Don Winslow*
2417. — LE TANGO DU MAL-AIMÉ .... *Sergio Sinay*
2418. — VINYLE RONDELLE NE FAIT PAS LE PRINTEMPS .... *Hervé Prudon*
2419. — L'EFFET TEQUILA .... *Rolo Diez*
2420. — TRAHISON FRATERNELLE .... *James Colbert*
2421. — LE MANGEUR D'ORCHIDÉES .... *Marc Laidlaw*
2422. — CHOURMO .... *Jean-Claude Izzo*
2423. — HOMICIDE À BON MARCHÉ .... *Alain Wagneur*
2424. — KATAPULT .... *Karen Kijewski*
2425. — LE FLIC À LA CHENILLE .... *James McClure*
2426. — ÇA VA ? ÇA VA .... *Frédéric Castaing*
2427. — LA CAVALE DE KENYATTA .... *Donald Goines*
2428. — LOTERIE EN NOIR ET BLANC .... *Max Allan Collins*
2429. — LE PRODUIT D'ORIGINE .... *A. B. Guthrie Jr.*
2430. — BLOCUS SOLUS .... *Bertrand Delcour*
2431. — NOTRE-DAME DES NÈGRES .... *Jean-Pierre Bastid*
2432. — BUENA ONDA .... *Cesare Battisti*
2433. — DIVORCE, JACK ! .... *Colin Bateman*
2434. — LA BOURDE .... *Marc Alfred Pellerin*
2435. — TIURAÏ .... *Patrick Pécherot*
2436. — JÉSUS AUX ENFERS .... *Andreu Martin*
2437. — LA RELIGION DES RATÉS .... *Nick Tosches*
2438. — LE PROGRAMME E. D. D. I. .... *Serge Preuss*
2439. — LES EFFARÉS .... *Hervé Le Corre*
2440. — RÊVES PÈLERINS .... *Ray Ring*
2441. — PHALANGE ARMÉE .... *Carlo Lucarelli*
2442. — LES TREIZE MORTS D'ALBERT AYLER ...... *Collectif*
2443. — VOUS PRENDREZ BIEN UNE BIÈRE ? .... *Joseph Bialot*
2444. — LES LUMIÈRES DE FRIGO .... *Alain Gagnol*
2445. — AMIGO .... *Lars Becker*
2446. — NEVERMORE .... *William Hjortsberg*

2447.	SUEURS CHAUDES	*Sylvie Granotier*
2448.	LES CURIEUX S'EN MORDENT LES DOIGTS	*John Straley*
2449.	LA CRÊTE DES FOUS	*Jamie Harrison*
2450.	CET AMOUR QUI TUE	*Ronald Levitsky*
2451.	PUZZLE	*Laurent Fétis*
2452.	L'HOMME QUI ACHETA RIO	*Aguinaldo Silva*
2453.	SIX KEY CUT	*Max Crawford*
2454.	LE LIQUIDATEUR	*Jon A. Jackson*
2455.	ZONE MORTUAIRE	*Kelt & Ricardo Montserrat*
2456.	QUE D'OS !	*Jean-Patrick Manchette*
2457.	TARZAN MALADE	*Hervé Prudon*
2458.	OTTO	*Pascale Fonteneau*
2459.	UN PAYS DE RÊVE	*Newton Thornburg*
2460.	LE CHIEN QUI VENDAIT DES CHAUSSURES	*George P. Pelecanos*
2461.	LE TUEUR DU CINQ DU MOIS	*Max Genève*
2462.	POULET CASHER	*Konop*
2463.	LE CHARLATAN	*W. L. Gresham*
2464.	TCHAO PAPA	*Juan Damonte*
2465.	NOTES DE SANG	*François Joly*
2466.	ISAAC LE MYSTÉRIEUX	*Jerome Charyn*
2467.	LA NUIT DU CHASSEUR	*Davis Grubb*
2468.	LA BALLADE DES PENDUS	*Steven Womack*
2469.	TUEZ UN SALAUD !	*Colonel Durruti*
2470.	BERLIN L'ENCHANTEUR	*Colonel Durruti*
2471.	TREIZE RESTE RAIDE	*René Merle*
2472.	LE VEILLEUR	*James Preston Girard*
2473.	LE SALTIMBANQUE	*Julien Sarfati*
2474.	LA CRYPTE	*Roger Facon*
2475.	DIALOGUES DE MORTS	*Philippe Isard*
2476.	LE CHENIL DES FLICS PERDUS	*Philippe Isard*
2477.	CHAPEAU !	*Michèle Rozenfarb*
2478.	L'ANARCHISTE DE CHICAGO	*Jürgen Alberts*
2479.	BROUILLARD SUR MANNHEIM	*B. Schlink et W. Popp*
2480.	HARJUNPÄÄ ET LE FILS DU POLICIER	*Matti Yrjänä Joensuu*
2481.	PITBULL	*Pierre Bourgeade*
2482.	LE JOUR DU LOUP	*Carlo Lucarelli*
2483.	CUL-DE-SAC	*Douglas Kennedy*
2484.	BRANLE-BAS AU 87	*Ed Mc Bain*
2485.	LA VIE EN SPIRALE	*Abasse Ndione*
2486.	SORCELLERIE À BOUT PORTANT	*Achille F. Ngoye*
2487.	AVIS DÉCHÉANCE	*Mouloud Akkouche*
2488.	UN BAISER SANS MOUSTACHE	*Catherine Simon*
2489.	MOLOCH	*Thierry Jonquet*
2490.	LA BALLADE DE KOUSKI	*Thierry Crifo*

2491. — LE PARADIS TROIS FOIS PAR JOUR .... *Mauricio Electorat*
2492. — TROIS P'TITES NUITS ET PUIS S'EN VONT .... *Nicoletta Vallorani*
2493. — LA PENTE .... *M.A. Pellerin*
2494. — LA VÉRITÉ DE L'ALLIGATOR .... *Massimo Carlotto*
2495. — ÉTUDE EN VIOLET .... *Maria Antonia Oliver*
2496. — ANTIPODES .... *Maria Antonia Oliver*
2497. — FLOUZE............................... *Ed Mc Bain*
2498. — L'ÉPOUSE ÉGYPTIENNE .... *Nino Filasto*
2499. — BARCELONA CONNECTION .... *Andreu Martin*
2500. — SOLEA................................ *Jean-Claude Izzo*
2501. — MONSIEUR ÉMILE...................... *Nadine Monfils*
2502. — LE TUEUR .... *Frémion*
2503. — ROUTE STORY......................... *Joseph Bialot*
2504. — RAILS .... *Vincent Meyer*
2505. — LA NUIT DU DESTIN .... *Christian Gernigon*
2506. — ADIEU COUSINE... .... *Ed McBain*
2507. — LA SCOUMOUNE....................... *José Giovanni*
2508. — HOMME INCONNU Nº 89 .... *Elmore Leonard*
2509. — LE TROU .... *José Giovanni*
2510. — CAUCHEMAR .... *David Goodis*
2511. — ÉROS ET THALASSO .... *Chantal Pelletier*
2512. — ZONES D'OMBRE .... *J. Dutey & Jane Sautière*
2513. — CADAVRES .... *François Barcelo*
2514. — CHATS DE GOUTTIÈRE .... *Rolo Diez*
2515. — L'ÉNERVÉ DE LA GÂCHETTE .... *Ed McBain*
2516. — ÉQUIPE DE NUIT .... *M.J. Naudy*
2517. — CONFESSION INFERNALE................. *Michel Tarou*
2518. — CASINO MOON .... *Peter Blauner*
2519. — LA BICYCLETTE DE LA VIOLENCE .... *Colin Bateman*
2520. — FISSURE .... *Francis Ryck*
2521. — UN MATIN DE CHIEN .... *Christopher Brookmyre*
2522. — AU PLUS BAS DES HAUTES SOLITUDES....... *Don Winslow*
2523. — ACID QUEEN .... *Nicholas Blincoe*
2524. — CONSENTEMENT ÉCLAIRÉ................ *Serge Preuss*
2525. — LES ARDOISES DE LA MÉMOIRE .... *Mouloud Akkouche*
2526. — LE FRÈRE PERDU .... *Rick Bennet*
2527. — DANS LA VALLÉE DE L'OMBRE DE LA MORT . *Kirk Mitchell*
2528. — TÉLÉPHONE ROSE...................... *Pierre Bourgeade*
2529. — CODE 6 .... *Jack Gantos*
2530. — TULAROSA .... *Michael McGarrity*
2531. — UN BLUES DE COYOTE.................. *Christopher Moore*
2532. — LARCHMÜTZ 5632...................... *Jean-Bernard Pouy*
2533. — LES CRIMES DE VAN GOGH .... *José Pablo Feinmann*
2534. — À CONTRE-COURANT DU GRAND TOBOGGAN *Don Winslow*
2535. — FAMINE.............................. *Todd Komarnicki*

2536. — LE ROI DU K.O. . . . . *Harry Crews*
2537. — UNE ÉTERNELLE SAISON. . . . . *Don Keith*
2538. — TÉMOIN DE LA VÉRITÉ. . . . . *Paul Lindsay*
2539. — DUR À FUIR. . . . . *Patrick Quinn*
2540. — ÇA FAIT UNE PAYE ! . . . . *Ed McBain*
2541. — REMONTÉE D'ÉGOUT. *Carlos Sampayo*
2542. — DADDY COOL . . . . *Donald Goines*
2543. — LA SANTÉ PAR LES PLANTES. . . . . *Francis Mizio*
2544. — LE BANDIT MEXICAIN ET LE COCHON . . . . . . *James Crumley*
2545. — PUTAIN DE DIMANCHE. . . . . *Pierre Willi*
2546. — L'ŒIL MORT . . . . *Jean-Marie Villemot*
2547. — MOI, LES PARAPLUIES . . . . *François Barcelo*
2548. — ENCORE UN JOUR AU PARADIS . . . . *Eddie Little*
2549. — CARTE BLANCHE *suivi de* L'ÉTÉ TROUBLE... *Carlo Lucarelli*
2550. — DODO . . . . *Sylvie Granotier*
2551. — LOVELY RITA . . . . *Benjamin Legrand*
2552. — DÉPEÇAGE EN VILLE . . . . *Bernard Mathieu*
2553. — LE SENS DE L'EAU . . . . *Juan Sasturain*
2554. — PRESQUE NULLE PART . . . . *Summer Brenner*
2555. — VIA DELLE OCHE . . . . *Carlo Lucarelli*
2556. — CHIENS ET LOUVES . . . . *Jean-Pierre Perrin*
2557. — HARJUNPÄÄ ET LES LOIS DE L'AMOUR . . . . . *Matti Yrjänä Joensuu*
2558. — BAROUD D'HONNEUR . . . . *Stephen Solomita*
2559. — SOUPE AUX LÉGUMES . . . . *Bruno Gambarotta*
2560. — TERMINUS NUIT. . . . . *Patrick Pécherot*
2561. — NOYADE AU DÉSERT. . . . . *Don Winslow*
2562. — L'ARBRE À BOUTEILLES . . . . *Joe R. Lansdale*
2563. — À FLEUR DE SANG . . . . *Robert Skinner*
2564. — RETOUR AU PAYS . . . . *Jamie Harrison*
2565. — L'ENFER À ROULETTES . . . . *Daniel Evan Weiss*
2566. — LE BIKER DE TROIE . . . . *A.A. Attanasio et*
Robert S. Henderson
2567. — LA FIANCÉE DE ZORRO . . . . *Nicoletta Vallorani*
2568. — UNE SIMPLE QUESTION D'EXCÉDENT DE BLÉ . . . . *Nicholas Blincoe*
2569. — LE PARADIS DES FOUS . . . . *Virion Graçi*
2570. — FEUER ET FLAMINGO. *Norbert Klugmann*
2571. — BLEU MISTRAL, La ballade d'un Yougo (t. 1) . *Vladan Radoman*
2572. — LA VESTALE À PAILLETTES D'ALUALU. . . . . . *Christopher Moore*
2573. — LA MORT FAIT MAL . . . . *Michel Embareck*
2574. — MARGINALIA . . . . *Hosmany Ramos*
2575. — NE CRIE PAS . . . . *Roseback & Ricardo*
Montserrat
2576. — ORPHELIN DE MER *suivi de* 6, RUE BONAPARTE, La ballade d'un Yougo (t. 2). . . . . *Vladan Radoman*

2577. — LA COMMUNE DES MINOTS .... *Cédric Fabre*
2578. — LE CHANT DU BOUC .... *Chantal Pelletier*
2579. — LA VANITÉ DES PIONS .... *Pascale Fonteneau*
2580. — GANGSTA RAP .... *Marc Villard*
2581. — CŒUR DE GLACE .... *Doug Allyn*
2582. — UN HIVER À MANNHEIM .... *Bernard Schlink*
2583. — ERRANCE .... *Lawrance Block*
2584. — LE FAUCON VA MOURIR .... *Harry Crews*
2585. — UN ÉTÉ JAPONAIS .... *Romain Slocombe*
2586. — N'OUBLIE PAS D'AVOIR PEUR .... *Marc-Alfred Pellerin*
2587. — SÉRAIL KILLERS .... *Lakhdar Belaid*
2588. — LONG FEU .... *Olivier Douyère*
2589. — CHIENS SALES .... *François Barcelo*
2590. — LES ACHARNÉS .... *Jean-Marie Souillot*
2591. — PECCATA MUNDI .... *Annelise Roux*
2592. — LE MAMBO DES DEUX OURS .... *Joe R. Lansdale*
2593. — VAGABONDAGES .... *Michèle Rozenfarb*
2594. — LE TANGO DE L'HOMME DE PAILLE .... *Vicente Battista*
2595. — PÉRIPHÉRIQUE BLUES .... *Jeanne Gamonet*
2596. — HARJUNPÄÄ ET L'HOMME-OISEAU .... *Matti Yrjänä Joensuu*
2597. — LA CHAIR DES DIEUX .... *Martine Azoulai*
2598. — RIEN NE BRÛLE EN ENFER .... *Philip José Farmer*
2599. — LA HOTTE .... *Vincent Meyer*
2600. — LA NUIT DES ROSES NOIRES .... *Nino Filastò*
2601. — DANSE DE DEUIL .... *Kirk Mitchell*
2602. — FAUT QU'ÇA CHANGE .... *Serge Preuss*
2603. — LE CONDOR .... *Stig Holmås*
2604. — L'AUTRUCHE DE MANHATTAN .... *Colin Bateman*
2605. — LA MUSIQUE DES CIRCONSTANCES .... *John Straley*
2606. — LES BROUILLARDS DE LA BUTTE .... *Patrick Pécherot*
2607. — LA CINQUIÈME AFFAIRE DE THOMAS RIBE .. *Øystein Lønn*
2608. — L'AGONIE BIEN EMPLOYÉE D'EIGHTBALL
BARNETT .... *Henry Joseph*
2609. — PARIS PARIAS .... *Thierry Crifo*
2610. — LE ROYAUME DES AVEUGLES .... *Christopher Brookmyre*
2611. — FEU DE PRAIRIE .... *Jamie Harrison*
2612. — COPYRIGHT .... *Hervé Le Corre*
2613. — LE ROSAIRE DE LA DOULEUR .... *Michel Embareck*
2614. — GO BY GO .... *Jon A. Jackson*
2615. — TIR AUX PIGEONS .... *James Crumley*
2616. — LES ROUBIGNOLES DU DESTIN .... *Jean-Bernard Pouy*
2617. — BRUME DE PRINTEMPS .... *Romain Slocombe*
2618. — BALLET NOIR À CHÂTEAU-ROUGE .... *Achille F. Ngoye*
2619. — UNE COUVERTURE PARFAITE .... *Linda Chase
et Joyce St. George*

2620. — LE BOUT DU MONDE .... *Collectif*
2621. — 12, RUE MECKERT...................... *Didier Daeninckx*
2622. — TROUBLES FÊTES .... *Chantal Pelletier*
2623. — LE NŒUD GORDIEN .... *Bernhard Schlink*
2624. — POUSSIÈRE DU DÉSERT .... *Rolo Diez*
2625. — EN AVANT LES SINGES !................ *Pierre Bourgeade*
2626. — L'ENNUI EST UNE FEMME À BARBE .... *François Barcelo*
2627. — COMME UN TROU DANS LA TÊTE .... *Jen Banbury*
2628. — FRANCONVILLE, BÂTIMENT B............. *Gilles Bornais*
2629. — LE PÉCHÉ OU QUELQUE CHOSE D'APPRO-
         CHANT................................ *Francisco González Ledesma*
2630. — JUSTICE BLANCHE, MISÈRE NOIRE .... *Donald Goines*
2631. — LE MOUCHARD......................... *Dmitri Stakhov*
2632. — NOËL AU BALCON .... *Colin Thibert*
2633. — EL INFILTRADO........................ *Jaime Collyer*
2634. — L'HOMME AU RASOIR.................... *Andreu Martin*
2635. — LE PROBLÈME AUX YEUX DE CHAT......... *Robert Skinner*
2636. — SANG ET TONNERRE .... *Max Allan Collins*
2637. — LA D'JUNGLE .... *Blaise Giuliani*
2638. — LES FANTÔMES DE SAÏGON............... *John Maddox Roberts*
2639. — ON PEUT TOUJOURS RECYCLER LES ORDURES *Hélène Crié-Wiesner*
2640. — L'IVRESSE DES DIEUX .... *Laurent Martin*
2641. — KOUTY, MÉMOIRE DE SANG .... *Aïda Mady Diallo*
2642. — TAKFIR SENTINELLE .... *Lakhdar Belaïd*
2643. — SINALOA STORY....................... *Barry Gifford*
2644. — PLUTÔT CREVER .... *Caryl Férey*
2645. — LA RAGE............................. *François Joly*
2646. — ROYAL CAMBOUIS .... *Colin Thibert*
2647. — LES DERNIERS JOURS D'ILUCE .... *Domenic Stansberry*
2648. — RICHES, CRUELS ET FARDÉS .... *Hervé Claude*
2649. — L'ÎLE DU SILENCE..................... *Lucy Wadham*
2650. — L'ASSASSIN DU BANCONI *suivi de* L'HONNEUR
         DES KÉITA............................ *Moussa Konaté*
2651. — LUTTE DES CASSES .... *Jon Stock*
2652. — BAD CHILI........................... *Joe R. Lansdale*
2653. — REBELLES DE LA NUIT.................. *Marc Villard*
2654. — Y A-T-IL UNE VIE SEXUELLE APRÈS LA MORT ? *Vladan Radoman*

Composition Nord Compo.
Reproduit et achevé d'imprimer sur Roto-Page
par l'Imprimerie Floch à Mayenne
le 23 mai 2002.
Dépôt légal : mai 2002.
Numéro d'imprimeur : 54404.

ISBN 2-07-042286-0 / Imprimé en France.

10379